O diabo no corpo

RAYMOND RADIGUET teve uma vida breve. Nasceu em Parc Saint-Maur em 18 de junho de 1903 e morreu aos vinte anos no dia 9 de dezembro de 1923. Começou a sua incursão literária escrevendo *Les Joues enfeu* (As faces em fogo), um livro de poemas que foi publicado postumamente em 1925. *O diabo no corpo*, publicado em 1923, foi recebido com grande repercussão. Elogiado pelo público e aprovado pela crítica, recebeu comentários bastante favoráveis de escritores como Paul Valéry. Radiguet morreu de febre tifoide às vésperas da publicação de sua outra novela, *O baile do conde d'Orgel*.

PAULO CÉSAR DE SOUZA nasceu em Salvador, em 1955. Fez licenciatura e mestrado em história na Universidade Federal da Bahia (UFBA) e doutorado em literatura alemã na Universidade de São Paulo (USP). Traduziu muitas obras de Nietzsche e Freud, além de poemas e contos de B. Brecht. É autor de *A Sabinada* e *As palavras de Freud* e coordena as coleções de Nietzsche e Freud publicadas pela Companhia das Letras.

Raymond Radiguet
O diabo no corpo

Tradução e posfácio de
PAULO CÉSAR DE SOUZA

PENGUIN
COMPANHIA DAS LETRAS

Copyright da tradução e posfácio © 1985, 2013
by Paulo César Lima de Souza
*Grafia atualizada segundo o Acordo Ortográfico da Língua
Portuguesa de 1990, que entrou em vigor no Brasil em 2009.*

Penguin and the associated logo and trade dress are registered
and/or unregistered trademarks of Penguin Books Limited and/or
Penguin Group (USA) Inc. Used with permission.

Published by Companhia das Letras in association with
Penguin Group (USA) Inc.

TÍTULO ORIGINAL
Le Diable au corps

CAPA E PROJETO GRÁFICO PENGUIN-COMPANHIA
Raul Loureiro, Claudia Warrak

PREPARAÇÃO
Maria Fernanda Alvares

REVISÃO
Adriana Cristina Bairrada
Huendel Viana

Dados Internacionais de Catalogação na Publicação (CIP)
(Câmara Brasileira do Livro, SP, Brasil)

Radiguet, Raymond, 1903-1923.
O diabo no corpo / Raymond Radiguet; tradução e posfácio Paulo César de Souza. — 1ª ed. — São Paulo : Penguin Classics Companhia das Letras, 2013.

Título original: Le Diable au corps
ISBN 978-85-63560-68-1

1. Romance francês I. Título.

13-03553   CDD-843

Índice para catálogo sistemático:
1. Romances : Literatura francesa 843

[2013]
Todos os direitos desta edição reservados à
EDITORA SCHWARCZ S.A.
Rua Bandeira Paulista, 702, cj. 32
04532-002 — São Paulo — SP
Telefone: (11) 3707-3500
Fax: (11) 3707-3501
www.penguincompanhia.com.br
www.companhiadasletras.com.br
www.blogdacompanhia.com.br

Sumário

O DIABO NO CORPO   7

Notas do tradutor   125
Posfácio   127

O diabo no corpo

Vou me expor a recriminações. Mas que posso fazer? É minha culpa se completei doze anos alguns meses antes do início da guerra? Sem dúvida, os transtornos que me trouxe esse período extraordinário foram de um tipo que jamais se experimenta nessa idade; mas como, apesar das aparências, nada é forte o bastante para nos envelhecer, ainda criança eu tomaria parte numa aventura em que mesmo um homem se veria em apuro. Não fui o único. E meus camaradas guardarão desse tempo uma lembrança que não é a mesma dos rapazes mais velhos. Que aqueles já indispostos comigo considerem o que foi a guerra para tantos meninos: quatro anos de férias.

Nós morávamos em F..., às margens do Marne.
Meus pais condenavam a camaradagem mista. A sensualidade, que nasce conosco e se manifesta ainda cega, ganhou com isso, em vez de perder.
Nunca fui um sonhador. O que parece sonho para outros, mais crédulos, a mim me parece tão real quanto o queijo para o gato, apesar da redoma de vidro. No entanto, a redoma existe.
Ela se quebrando, o gato aproveita, ainda que sejam seus donos que a quebram e cortam as mãos.

Até os doze anos, não me recordo de nenhum namorico, exceto uma garotinha chamada Carmen, a quem remeti, por um garoto menor do que eu, uma carta em que lhe expressava meu amor. Valia-me desse amor para solicitar um encontro. Minha carta lhe fora entregue pela manhã, antes que ela saísse para a aula. Eu distinguira a única pequena que se assemelhava a mim: vestia-se com asseio e ia à escola acompanhada de uma irmãzinha, como eu de meu irmãozinho. Para que essas duas testemunhas se calassem, eu pensava em casá-las de algum modo. Então juntei à minha carta uma outra, da parte de meu irmão, que não sabia escrever, para a srta. Fauvette. Expliquei a meu irmão o que havia feito e nossa sorte em deparar com duas irmãs de nossas idades e batizadas com nomes tão excepcionais. Depois de almoçar com meus pais, que me tratavam com mimos, jamais com censuras, retornei à escola, e tive a tristeza de ver que não me enganara quanto à boa linhagem de Carmen.

Meus colegas mal haviam se sentado — eu no fundo da sala de aula, agachado para pegar num armário, em minha condição de primeiro aluno, os volumes para a leitura em voz alta —, quando o diretor entrou. Os alunos se levantaram. Ele segurava uma carta. Minhas pernas dobraram, os volumes caíram, eu os recolhi, enquanto o diretor e o professor conversavam. Os alunos dos primeiros bancos viravam-se para mim, ruborizado no fundo da sala, pois ouviam sussurrarem meu nome. Enfim o diretor me chamou e, para me punir de modo sutil, sem despertar ao mesmo tempo, assim pensava, maus pensamentos nos alunos, felicitou-me por haver escrito uma carta de doze linhas sem um único erro. Perguntou-me se a escrevera mesmo sozinho, e depois me pediu que o acompanhasse até seu escritório. Não fomos tão longe. Ele me repreendeu no pátio, sob a chuva. O que muito perturbou minhas noções de moral foi que ele considerava tão grave ter comprometido a pequena (cujos pais lhe haviam comunicado minha declaração) quanto haver furtado uma folha de papel de carta. Ameaçou enviar aquela folha à minha casa. Supliquei-lhe que não o fizesse. Ele cedeu, mas disse que conservaria a carta, e que à primeira reincidência não poderia mais esconder minha má conduta.

Essa mistura de audácia e timidez confundia e enganava meus pais, assim como na escola a minha facilidade — indolência, na verdade — fazia com que me tomassem por bom aluno.

Voltei à sala de aula. O professor, irônico, chamou-me de Don Juan. Fiquei extremamente lisonjeado, sobretudo por ele ter citado o nome de uma obra que me era familiar, mas que meus colegas desconheciam. Seu "Bom dia, Don Juan" e meu sorriso entendido colocaram a classe a meu favor. Talvez já soubessem que eu havia dado a um menino menos adiantado uma carta para entregar a uma "zinha", como dizem os escolares em sua dura linhagem. Essa criança se chamava Messager; não o escolhi por causa de seu nome, mas, de qualquer modo, o nome inspirava confiança.

À uma hora, havia suplicado ao diretor que nada dissesse a meu pai; às quatro, ansiava por contar-lhe tudo. Nada me obrigava a isso. O desejo de franqueza justificava a mim mesmo a confissão. Na verdade, sabendo que meu pai não se aborreceria, estava louco para que ele tomasse conhecimento de minha proeza.

Confessei então, acrescentando com orgulho que o diretor me prometera sigilo absoluto (como a um adulto). Meu pai desejava saber se eu não havia forjado em todas as peças aquele romance. Foi ao diretor. No decorrer da visita, falou incidentalmente do que acreditava ser uma farsa.

— O quê? — disse o diretor, surpreso e aborrecido.
— Ele contou ao senhor? Ele me suplicou que me calasse, dizendo que o senhor o mataria.

Essa mentira do diretor desculpou-o a meus olhos; contribuiu ainda mais para minha embriaguez de homem.

Ganhei no ato a estima dos colegas e o piscar de olhos do professor. O diretor escondia seu rancor. O coitado ignorava o que eu já sabia: meu pai, chocado com sua conduta, decidira apenas deixar terminar o ano letivo para me tirar da escola. Estávamos então no começo de junho.[1] Minha mãe, não querendo que isso influísse na concessão dos prêmios, deixou para comunicá-lo depois da distribuição. Chegado o dia, graças a uma injustiça do diretor, que temia confusamente as consequências de sua mentira, fui o único a receber a medalha de ouro, que deveria ter ido para o ganhador do prêmio de excelência. Mal pensado: a escola perdeu seus dois melhores alunos, pois o pai do prêmio de excelência retirou o filho.

Alunos como nós serviam de chamariz para outros.

Minha mãe me julgava jovem demais para frequentar o liceu Henri IV. Em seu espírito isso significava: para tomar o trem. Ficaria em casa por dois anos e estudaria só.

Eu me prometia prazeres infindáveis, pois, conseguindo fazer em quatro horas o que meus antigos colegas mal faziam em dois dias, estava livre mais da metade do dia. Passeava sozinho ao longo do Marne, que era tão nosso rio que minhas irmãs se referiam ao Sena como "um Marne". Ia até mesmo para o barco de meu pai, apesar de sua proibição; mas não remava, não admitindo que meu medo não era desobedecê-lo, mas puro e simples medo. Deitado no barco, eu lia. Em 1913 e 1914, duzentos livros por ali passaram. Não o que as pessoas chamam de livros ruins, mas sim os melhores, senão pelo espírito, ao menos pelo mérito. Por isso, mais tarde, na idade em que a adolescência despreza os livros para crianças, tomei gosto por seu charme infantil, enquanto naquela época não os teria lido por nada no mundo.

A desvantagem de alternar desse modo lazer e estudo era transformar o ano inteiro em falsas férias. Assim, meu estudo cotidiano era pouca coisa, mas como, estudando menos tempo que os outros, estudava mais durante suas férias, essa pouca coisa era como a rolha de cortiça que um gato traz presa à cauda toda a vida, quando eu teria preferido sem dúvida um mês de caçarola.[2]

As férias verdadeiras se aproximavam e eu mal pensava nelas, porque meu regime seria o mesmo. O gato sempre a observar o queijo sob a redoma. E veio a guerra. Ela quebrou a redoma. Os donos tinham outros gatos a perseguir, e o gato exultou.

Na verdade, todos exultavam na França. As crianças, tendo sob o braço os livros recebidos como prêmio, comprimiam-se diante dos cartazes. Os maus alunos aproveitavam-se da desordem na família.

Todo dia, após o jantar, íamos à estação de J..., a dois quilômetros de casa, para ver passarem os trens militares. Colhíamos campânulas e as lançávamos aos soldados. Senhoras de avental despejavam vinho tinto nos cantis e derramavam litros na plataforma coberta de flores. Tudo isso me deixa uma lembrança de fogo de artifício. Nunca houve tanto vinho desperdiçado, tantas flores mortas. Tivemos que embandeirar as janelas de nossa casa.

Logo deixamos de ir a J... Meus irmãos e irmãs começavam a desgostar da guerra; achavam-na comprida. Privava-os das férias à beira-mar. Habituados a levantar tarde, tinham que comprar os jornais às seis horas. Pobre distração! Mas lá por 20 de agosto os monstrinhos recobraram as esperanças. Em vez de deixar a mesa onde os adultos se demoravam, eles permaneciam para ouvir meu pai falar em partir. Não haveria mais meios de transporte. Seria preciso viajar muito longe de bicicleta. Meus irmãos pirraçaram a menorzinha. As rodas de sua bicicleta não tinham quarenta centímetros de diâmetro: "Vamos deixar você sozinha na estrada". Ela chorou. Mas que animação ao polir as bicicletas! Acabava-se a preguiça. Ofereciam-se para consertar a minha. Levantavam-se com o sol para saber das novidades. Enquanto todos se espantavam, descobri enfim o móvel desse patriotismo: uma viagem de bicicleta até o mar! E um mar mais bonito e distante que o habitual. Eles teriam incendiado Paris para partir mais depressa. O que aterrorizava a Europa tornara-se sua única esperança.

O egoísmo das crianças é assim tão diferente do nosso? No verão, no campo, amaldiçoamos a chuva que cai, enquanto os agricultores anseiam por ela.

É raro que um cataclismo se produza sem fenômenos premonitórios. O atentado de Sarajevo e a tempestade do processo Caillaux[3] concorreram para uma atmosfera irrespirável, favorável a excessos. Daí minha verdadeira lembrança de a guerra ser anterior à guerra.

Eis como foi:

Nós, meus irmãos e eu, zombávamos de um nosso vizinho, sujeitinho grotesco, um anão com barbicha branca e capuz, conselheiro municipal, de nome Maréchaud. Todos o chamavam de Velho Maréchaud. Se bem que vizinhos imediatos, nós não o saudávamos, o que o enfurecia de tal modo que um dia, não mais se contendo, abordou-nos na rua e disse: "E então? Não se cumprimenta um conselheiro municipal?". Saímos em correria. A partir dessa impertinência, as hostilidades tornaram-se abertas. Mas que podia contra nós um conselheiro municipal? Indo ou voltando da escola meus irmãos tocavam sua sineta, com tamanha audácia que o cachorro, que devia ter minha idade, nada conseguia fazer.

Na véspera do 14 de julho de 1914, indo ao encontro de meus irmãos, tive a surpresa de ver um ajuntamento diante do portão dos Maréchaud. Algumas tílias podadas escondiam parcialmente a casa no fundo do jardim. A jovem criada enlouquecera, e desde as duas da tarde se refugiava sobre o telhado, recusando-se a descer.

Os Maréchaud, amedrontados com o escândalo, já haviam cerrado as persianas, de maneira que a aparência abandonada da casa contribuía para aumentar o trágico daquela louca sobre o telhado. As pessoas gritavam, indignadas com o fato de que os patrões nada fizessem para salvar a infeliz. Ela vacilava sobre as telhas, sem no entanto parecer bêbada. Eu queria poder ficar lá para sempre, mas nossa empregada, enviada por minha mãe, veio nos chamar aos deveres. Se não obedecesse, não poderia ir à festa. Saí numa tristeza profunda, rogando a Deus que a criada ainda estivesse no telhado quando eu fosse receber meu pai na estação.

Ela estava em seu posto, mas os raros passantes voltavam de Paris, apressados para jantar e não perder o baile. Dispensavam-lhe apenas um minuto distraído.

Para a criada, até então, tratava-se apenas de um ensaio mais ou menos público. Ela devia estrear à noite, conforme o costume, com os globos luminosos formando uma verdadeira ribalta. Havia tanto os da rua como os do jardim, já que os Maréchaud, não obstante sua ausência fingida, não haviam ousado dispensar a iluminação, como cidadãos notáveis que eram. O aspecto fantástico daquela casa do crime, sobre cujo teto passeava, como num convés de navio embandeirado, uma mulher com os cabelos esvoaçantes, era bem acentuado pela voz dessa mulher: inumana, gutural, de uma doçura de causar arrepios.

Os bombeiros de uma comunidade pequena são "voluntários"; ocupam-se diariamente de outras coisas que não bombas de água. São o leiteiro, o padeiro, o serralheiro, que, findo o trabalho, virão apagar o incêndio, se ele não se apagou por si mesmo. Com a mobilização, nossos bombeiros formaram também uma espécie de milícia misteriosa, que fazia patrulhas, manobras e rondas noturnas. Esses bravos chegaram, por fim, e abriram caminho na multidão.

Uma mulher adiantou-se. Era a esposa de um conselheiro municipal rival de Maréchaud, e havia alguns minutos se apiedava ruidosamente da louca. Fez recomendações ao capitão: "Procure conquistar a pobrezinha pela doçura; ela sente falta disso, nessa casa onde é tão judiada. E se o que a faz agir assim é o medo de ser despedida e não ter para onde ir, diga que eu fico com ela. E dobro o salário!".

Essa caridade estridente produziu pouco efeito na turba. Essa dama a aborrecia. Só se pensava na captura. Os bombeiros, em número de seis, escalaram a grade e sitiaram a casa, subindo por todos os lados. Mas assim que um deles aparecia sobre o telhado, a multidão punha-se a vociferar prevenindo a vítima, como crianças num espetáculo de marionetes.

— Calem a boca! — gritava a senhora, o que só fazia estimular os "Ali tem um! Ali tem um!" do público. Com os gritos, a louca, armando-se de telhas, arremessou uma no capacete do primeiro bombeiro a alcançar o topo. Os outros cinco desceram imediatamente.

Enquanto os estandes de tiro, os carrosséis e as barracas da praça municipal lamentavam-se da pouca freguesia, numa noite em que a receita devia ser gorda, os baderneiros mais ousados escalavam os muros e juntavam-se sobre a relva para acompanhar a caçada. Esqueci o que a louca dizia, mas em sua voz havia essa profunda e resignada melancolia que vem da certeza de que temos razão, quando todos os outros estão errados. Os baderneiros, que preferiam o espetáculo à feira, procuravam, no entanto, conciliar os prazeres. Temendo que a louca fosse capturada em sua ausência, corriam a dar uma volta rápida no carrossel. Outros mais sabidos, instalados nos galhos das tílias, como que para observar a parada de Vincennes, contentavam-se em acender bombas e fogos de bengala.

Pode-se imaginar a angústia do casal Maréchaud, encerrado em casa em meio a todos esses ruídos e clarões.

O conselheiro municipal casado com a dama caridosa, trepado no pequeno muro gradeado, improvisava um discurso sobre a covardia dos proprietários. Foi aplaudido.

Pensando ser a ela que aplaudiam, a louca fez uma saudação, com um monte de telhas sob cada braço, pois ela remetia uma a cada vez que divisava um capacete. Com sua voz inumana, agradecia terem-na enfim compreendido. Fez-me pensar numa pirata, sozinha no barco que afunda.

A multidão se dispersava, um tanto cansada. Quis ficar com meu pai, enquanto minha mãe, para satisfazer essa necessidade de movimento que têm as crianças, conduzia meus irmãos do carrossel à montanha-russa. Por certo, eu sentia essa estranha precisão mais vivamente que meus irmãos. Adorava que meu coração batesse rápido, irregular. Mas aquele espetáculo, de uma poesia profunda, me satisfazia mais. "Como você está pálido", havia dito minha mãe. Achei o pretexto nos fogos de bengala. Eles me davam uma coloração esverdeada, disse eu.

— Mesmo assim, receio que isso o impressione muito — disse ela a meu pai.

— Ora — respondeu ele —, ninguém é mais insensível. Ele pode ver qualquer coisa, menos um coelho sendo esfolado.

Meu pai dizia isso para que eu ficasse. Mas ele sabia que o espetáculo me transtornava. Eu sentia que o perturbava também. Pedi-lhe que me colocasse nos ombros para ver melhor. Na verdade, estava a ponto de desmaiar, minhas pernas já não me sustentavam.

Agora havia apenas umas vinte pessoas. Ouvimos os clarins anunciando a retirada com archotes.

Cem tochas iluminaram de súbito a louca, como, depois da luz suave da ribalta, o magnésio explode, fotografando uma nova estrela. Então, agitando as mãos em sinal de adeus, e crendo ser o fim do mundo, ou simplesmente que iam prendê-la, ela se jogou do telhado, quebrou a marquise na queda com um barulho terrível, e se espatifou nos degraus de pedra. Até então eu procurava suportar tudo, embora meus ouvidos tinissem e o coração me falhasse. Mas quando ouvi gritarem: "Está viva ainda!", caí dos ombros do meu pai, sem sentidos.

De volta a mim, ele me levou para a margem do Marne. Lá permanecemos até tarde, em silêncio, estendidos na grama.

Na volta, acreditei ver por trás da cerca uma silhueta branca, o fantasma da criada! Era o velho Maréchaud em gorro de dormir, contemplando os estragos, sua marquise, suas telhas, sua relva, sua sebe, seus degraus cobertos de sangue, seu prestígio arruinado.

Se insisto em tal episódio, é porque ele faz compreender melhor que qualquer outro o estranho período da guerra, e como, mais que o pitoresco, impressionava-me a poesia das coisas.

Ouvíamos o som do canhão. Havia luta perto de Meaux. Contava-se que alguns ulanos haviam sido capturados perto de Lagny, a quinze quilômetros de nós. Enquanto minha tia falava de uma amiga que fugira logo nos primeiros dias, depois de enterrar relógios e latas de sardinha no jardim, eu perguntava a meu pai como transportar nossos velhos livros. Era o que mais me custava perder.

Enfim, no momento em que nos aprontávamos para a fuga, os jornais nos informaram que era inútil.

Minhas irmãs, agora, iam a J... levar cestos de peras para os feridos. Haviam descoberto uma compensação — medíocre, é verdade — para seus belos projetos fracassados. Quando chegavam a J..., os cestos estavam quase vazios.

Eu deveria entrar para o liceu Henri IV, mas meu pai preferiu me manter mais um ano no campo. Minha única distração naquele inverno sem ânimo era correr até nosso jornaleiro para assegurar um exemplar de *Le Mot*,[4] jornal que me agradava e que saía aos sábados. Nesse dia eu nunca levantava tarde.

Mas a primavera chegou, animada por minhas primeiras escapadas. Sob pretexto de fazer coleta para os soldados, eu passeava muito, todo endomingado, com uma senhorita à minha direita. Eu segurava o mealheiro; ela, a corbelha de insígnias. Já na segunda coleta, alguns colegas me ensinaram como aproveitar esses dias livres em que me jogavam nos braços de uma garotinha. Desde então apressávamo-nos em recolher o máximo de dinheiro possível pela manhã, entregando-o à dama de caridade ao meio-dia, para passar a tarde fazendo travessuras nas vertentes de Chennevières. Pela primeira vez eu tinha um amigo. Adorava coletar com sua irmã. Pela primeira vez andava com um menino tão precoce quanto eu, admirando mesmo sua beleza, sua audácia. Nosso desprezo comum pelos outros de nossa idade nos aproximava ainda mais. Só nós éramos capazes de compreender as coisas; só nós éramos dignos das mulheres. Acreditávamo-nos homens. Por sorte não seríamos separados. René já frequentava o Henri IV e eu entraria em sua classe, no terceiro ano.[5] Ele não deveria estudar grego, mas me fez o extremo sacrifício de convencer seus pais a deixá-lo estudar. Como não o havia feito no quarto ano, teria de submeter-se a aulas particulares. Seus pais não compreenderam, pois no ano anterior, diante de suas súplicas, haviam consentido que não estudasse grego. Viram aí o efeito de minha boa influência, e embora tolerassem os outros camaradas de René, eu era o único amigo que aprovavam.

Pela primeira vez nenhum dia das férias me foi tedioso. Vi então que ninguém escapa à sua idade, e que meu perigoso desprezo se dissolvera como gelo assim que alguém quis levar-me em consideração de um modo que me convinha. As concessões de ambos encurtavam pela metade o caminho que o orgulho de cada um tinha a percorrer.

No dia da volta às aulas. René me foi um guia precioso.
Com ele, tudo para mim se tornava prazer, e eu, que sozinho não dava um passo, adorava fazer a pé, duas

vezes ao dia, o trajeto que separa o Henri IV da estação da Bastilha, onde tomávamos nosso trem.

Três anos assim se passaram, sem outra amizade e sem outra expectativa que as travessuras das quintas--feiras[6] — com as garotinhas que os pais de meu amigo nos forneciam inocentemente, convidando para lanchar juntos os amigos de seu filho e as amigas de sua filha —, favores miúdos que lhes roubávamos, e elas a nós, sob pretexto de jogos de prendas.

Chegada a primavera, meu pai gostava de nos levar em longos passeios, meus irmãos e eu. Um de nossos locais favoritos era Ormesson, seguindo o Morbras, riozinho de um metro de largura, e atravessando prados onde cresciam flores só ali encontradas, cujos nomes esqueci. Tufos de agrião ou de hortelã escondiam do pé aventuroso o ponto onde começava a água. Nessa época, o riozinho arrasta em seu curso milhares de pétalas brancas e rosa, caídas dos pilriteiros.

Num domingo de abril de 1917, como fazíamos frequentemente, tomamos o trem para La Varenne, de onde caminharíamos até Ormesson. Meu pai me disse que em La Varenne encontraríamos gente agradável, a família Grangier. Eu já os conhecia por ter visto o nome da filha, Marthe, no catálogo de uma exposição de pintura. Um dia havia escutado meus pais falarem da visita de um sr. Grangier. Ele viera com um álbum cheio de trabalhos de sua filha de dezoito anos. Marthe estava doente, e seu pai queria lhe fazer uma surpresa: que suas aquarelas figurassem numa exposição beneficente patrocinada por minha mãe. As aquarelas não mostravam nenhum requinte; percebia-se nelas a boa aluna do curso de desenho, espichando a língua, lambendo o pincel.

Os Grangier nos esperavam na plataforma da estação de La Varenne. O sr. e a sra. Grangier deviam ter a mesma idade, cerca de cinquenta anos. Mas ela parecia mais velha que o marido. Sua deselegância, seu talhe pequeno fizeram com que me desagradasse à primeira vista.

Durante a caminhada, iria notar que ela franzia com frequência a sobrancelha, cobrindo a fronte de rugas que levavam um minuto para desaparecer. A fim de que ela tivesse todos os motivos para me desagradar, sem que eu me censurasse por injusto, desejava que falasse de maneira vulgar. Nesse ponto ela me decepcionou.

O pai tinha um ar de bom sujeito, antigo suboficial adorado pelos soldados. Mas onde estava Marthe? Eu tremia ante a perspectiva de um passeio sem outra companhia que a de seus pais. Ela viria no trem seguinte, "em quinze minutos, porque não pôde se aprontar a tempo", explicou a sra. Grangier. "O irmão virá junto."

Quando o trem entrou na estação, Marthe estava de pé sobre o estribo. "Espere o trem parar!", gritou a mãe. Essa imprudência me encantou.

Seu vestido e seu chapéu, muito simples, indicavam sua pouca consideração pela opinião dos outros. Ela segurava a mão de um menino, uma criança pálida com cabelos de albino, cujo estado doentio era traído pelos gestos.

Na estrada, Marthe e eu andávamos na frente. Meu pai vinha logo atrás, entre os Grangier.

Quanto a meus irmãos, bocejavam, com o novo coleguinha fraco, a quem proibiam correr.

Quando cumprimentei Marthe pelas aquarelas, ela me respondeu modestamente que eram apenas estudos. Não lhes dava importância alguma. Poderia me mostrar coisa melhor, flores "estilizadas". Julguei conveniente, sendo o nosso primeiro encontro, não lhe dizer que achava ridículas as flores desse tipo.

Por causa do chapéu, ela não podia me ver direito. Mas eu a observava bem.

— Você não se parece muito com sua mãe — eu disse. Era um galanteio.

— De vez em quando me dizem isso; mas quando você vier a minha casa eu lhe mostrarei fotografias de mamãe ainda jovem; eu me pareço muito.

Essa resposta me entristeceu, e eu roguei a Deus para não ver Marthe quando tivesse a idade de sua mãe.

Querendo dissipar o mal-estar causado por essa resposta penosa, sem perceber que era penosa apenas para mim, já que felizmente Marthe não via sua mãe com meus olhos, eu falei:

— Você não devia pentear seu cabelo dessa maneira; ele fica melhor liso.

Fiquei assombrado, pois nunca havia falado nada semelhante a uma mulher. Havia pensado em como eu mesmo me penteava.

— Pode perguntar a mamãe — ela disse, como se tivesse necessidade de se justificar! — Geralmente eu não me penteio tão mal, mas já estava atrasada e receava perder o segundo trem. Além disso, eu não tinha a intenção de tirar o chapéu.

"Mas que garota é essa", pensava eu, "que deixa um menino criticar seu penteado?"

Procurei descobrir suas preferências literárias. Fiquei contente por ela conhecer Baudelaire e Verlaine, e encantado com sua maneira de gostar de Baudelaire, que não era, no entanto, a minha. Aqui eu discernia um elemento de revolta. Seus pais acabaram por admitir seus gostos. Apenas por afeição, e nisso Marthe os desprezava. Seu noivo, nas cartas, falava-lhe das leituras, e, se lhe aconselhava alguns livros, proibia-lhe outros. Havia proibido *As flores do mal*. Desagradavelmente surpreso em sabê-la noiva, exultei ao saber que desobedecia a um soldado tolo o bastante para temer Baudelaire. Fiquei feliz ao perceber que não raro ele devia chocar a sensibilidade de Marthe. Após a primeira surpresa desagradável, eu me felicitava por sua estreiteza, tanto mais que eu teria receado, se *As flores do mal* lhe agradassem, que seu futuro apartamento se assemelhasse àquele de "A morte dos amantes".[7] Perguntava-me então por que pensava nisso.

Seu noivo havia-lhe também proibido as academias de desenho. Eu, que nunca as frequentava, convidei-a a visitar a Grande-Chaumière, acrescentando que sempre assistia às aulas. Mas temendo em seguida que minha mentira fosse descoberta, pedi-lhe que não comentasse com meu pai. Ele ignorava, disse, que eu faltava às aulas de ginástica para ir à academia. Pois não a queria imaginando que eu escondia a academia de meus pais por me proibirem ver mulheres nuas. Eu estava feliz por formar-se um segredo entre nós e, tímido, sentia-me tirânico diante dela.

Estava também orgulhoso por ela me preferir ao campo, pois nenhum dos dois fizera alusão ao cenário do passeio. Às vezes seus pais a chamavam: "Olhe à direita, Marthe, como são bonitas as encostas de Chennevières!". Ou então seu irmão se aproximava, perguntando o nome de uma flor que acabara de colher. Ela lhes dispensava uma atenção distraída, o suficiente para que não se irritassem.

Sentamo-nos no prado de Ormesson. Em minha candura eu lamentava ter ido tão longe e precipitado de tal modo as coisas. "Depois de uma conversa mais natural, menos sentimental, eu poderia fascinar Marthe e ganhar a boa vontade de seus pais contando a história da vila." Não o fiz. Acreditava ter razões profundas e pensava que, depois do que ocorrera, uma conversação tão alheia a nossas inquietudes comuns só poderia romper o encanto. Julgava que algo importante havia acontecido. O que era, aliás, verdadeiro, simplesmente porque, como soube mais tarde, ela havia forçado nossa conversa no mesmo sentido que eu. Mas eu, que não me dava conta disso, imaginava ter dito palavras significativas. Esquecia-me que o sr. e a sra. Grangier poderiam escutar sem problemas tudo o que eu havia dito à sua filha; mas eu o teria dito em sua presença?

"Marthe não me intimida", repetia para mim mesmo. "Logo, apenas seus pais e o meu pai me impedem de me inclinar e beijar seu pescoço."
Dentro de mim, um outro menino se alegrava com aqueles desmancha-prazeres. Ele pensava:
"Que sorte não me encontrar só com ela! Porque não ousaria beijá-la e não teria desculpas."
Assim blefa o tímido.

Tomaríamos novamente o trem na estação de Sucy. Tendo uma meia hora de espera, sentamo-nos na varanda de um café. Tive de tolerar os cumprimentos da sra. Grangier, que me rebaixavam. Lembravam a sua filha que eu não passava de um aluno de liceu, a um ano de concluir o curso. Marthe quis granadina,[8] o que também pedi. Naquela mesma manhã teria me sentido humilhado bebendo granadina. Meu pai não entendia. Sempre me deixava tomar aperitivos. Temi que gracejasse com minha moderação. Ele o fez, mas com meias-palavras, de modo que Marthe não notasse que eu bebia groselha para acompanhá-la.

Chegando a F..., despedimo-nos dos Grangier. Prometi a Marthe levar-lhe na quinta-feira seguinte a coleção do jornal *Le Mot* e *Uma temporada no inferno*.[9]

— Mais um título que meu noivo adoraria! — disse ela rindo.

— Ora, Marthe! — disse, franzindo a sobrancelha, sua mãe, sempre chocada por tal insubordinação.

Meu pai e meus irmãos estavam aborrecidos — que importa? A felicidade é egoísta.

No dia seguinte, na escola, não senti necessidade de contar a René, a quem tudo confiava, os acontecimentos do domingo. Não estava com disposição para ouvi-lo caçoar por eu não haver beijado Marthe às escondidas. Outra coisa me espantava: é que naquele dia eu o achava menos diferente dos outros colegas.

Sentindo amor por Marthe, eu o subtraía a René, a meus pais, a minhas irmãs.

Eu me propunha o esforço de vontade de não ir vê-la antes do dia de nosso encontro. Porém, na terça-feira à tarde, incapaz de esperar mais, soube encontrar para minha fraqueza desculpas boas o bastante que me permitissem levar o livro e os jornais depois do jantar. Nessa impaciência, dizia a mim mesmo, Marthe veria a prova de meu amor, e, recusando-se a vê-la, eu saberia obrigá-la a tanto.

Durante um quarto de hora corri como um louco até sua casa. Então, temendo incomodá-la durante a refeição, esperei dez minutos junto à grade, molhado de suor. Contava que durante esse tempo as batidas do coração voltassem ao normal. Pelo contrário, aumentaram.

Quase dei meia-volta, mas de uma janela vizinha uma mulher me olhava curiosamente havia alguns minutos, querendo saber o que eu fazia encostado ao portão. Ela fez com que eu me decidisse. Toquei a campainha. Entrei na casa. Perguntei à doméstica se a senhora estava. Um instante depois, a sra. Grangier apareceu na saleta a que eu fora levado. Tive um sobressalto, como se fosse obrigação da doméstica compreender que eu dissera "senhora" por conveniência, querendo na verdade ver a srta. Grangier. Ruborizando, roguei à sra. Grangier que me desculpasse por importuná-la a tal hora, como se fosse uma hora da madrugada: não podendo vir quinta-feira, trazia o livro e os jornais para sua filha.

— Perfeito — respondeu —, porque Marthe não poderia mesmo receber você. O noivo dela obteve uma licença, quinze dias antes do que esperava. Ele chegou ontem, e esta noite Marthe janta com os futuros sogros.

Fui-me embora, então. Acreditando nunca mais ter oportunidade de revê-la, esforçava-me em não mais pensar nela e, por isso mesmo, era só o que fazia.

Entretanto, um mês depois, de manhã, ao saltar do meu trem na estação da Bastilha, vi-a descer de outro. Ia fazer várias compras, em vista do casamento. Pedi que me acompanhasse até o colégio.

— Olhe — disse ela —, no ano que vem, quando você estiver na segunda série, meu sogro será seu professor de geografia.

Vexado por ela me falar de estudos, como se qualquer outro assunto não fosse adequado à minha idade, respondi-lhe secamente que seria interessante.

Ela franziu as sobrancelhas. Lembrei-me de sua mãe.

Chegamos ao Henri IV e, não querendo deixá-la com essas palavras que podiam tê-la ferido, decidi entrar uma hora mais tarde, depois da aula de desenho. Fiquei contente de que Marthe não demonstrasse prudência nessa ocasião e não me repreendesse, antes parecesse agradecida pelo meu sacrifício, na verdade nenhum. Fiquei-lhe reconhecido que não propusesse, em troca, acompanhá-la nas compras, mas me desse seu tempo como eu lhe dava o meu.

Estávamos agora no jardim de Luxembourg. Soaram nove horas no relógio do Senado. Renunciei ao colégio. Tinha no bolso, por milagre, mais dinheiro do que os colegiais recebem em dois anos, pois na véspera vendera meus selos mais raros na bolsa de selos atrás do teatro de marionetes, na Champs-Elysées.

Durante a conversa, como Marthe havia dito que almoçaria com os sogros, resolvi convencê-la a ficar comigo. Soaram nove e meia. Marthe sobressaltou-se, pouco habituada a que alguém abandonasse por ela todas as obrigações escolares. Mas vendo que eu permanecia em minha cadeira de ferro, não teve coragem de lembrar que eu deveria estar sentado nos bancos do Henri IV.

Permanecemos imóveis. Assim deve ser a felicidade. Um cão saltou do tanque e se sacudiu. Marthe se levantou, como alguém que depois da sesta, o rosto ainda coberto de sono, sacode seus sonhos. Fez alguns movimentos de ginástica com os braços. Mau presságio para nossa harmonia, pensei.

— Essas cadeiras são muito duras — disse, como que pedindo desculpas por estar de pé.

Ela estava com um vestido de seda, amarrotado depois de se sentar. Não pude deixar de imaginar os desenhos imprimidos na pele pelo assento de ferro.

— Vamos, acompanhe-me até as lojas, já que está mesmo decidido a não ir à aula — disse Marthe, aludindo pela primeira vez ao que eu negligenciava por ela.

Acompanhei-a a várias lojas femininas, impedindo-a de comprar o que lhe agradava, mas não a mim. Por exemplo, evitando o rosa, que me incomoda, e que era sua cor favorita.

Após essas primeiras vitórias, era preciso obter de Marthe que não almoçasse com seus sogros. Não a acreditando capaz de mentir pelo simples prazer de minha companhia, procurava o que a levaria a me acompanhar na vadiação. Ela sonhava em conhecer um bar americano. Não ousava pedir ao noivo que a levasse. Aliás, ele ignorava os bares. Aí estava meu pretexto. Sua recusa, expressa num tom de genuína decepção, fez-me pensar que viria. Ao cabo de uma meia hora, tendo usado de tudo para convencê-la, e não mais insistindo, rumei com ela para a casa de seus sogros, com o estado de espírito de um condenado à morte esperando que no último momento um milagre o salve do suplício. Eu via se aproximar a rua, sem que nada acontecesse. De repente, batendo no vidro, Marthe fez com que o motorista de táxi parasse diante de uma agência do correio.

— Espere um segundo. Vou telefonar a minha sogra, dizendo que estou num bairro muito distante para chegar a tempo.

Ao fim de alguns minutos, não aguentando mais a impaciência, divisei uma vendedora de flores e escolhi algumas rosas vermelhas, uma por uma, fazendo um buquê. Pensava menos na alegria de Marthe que na sua necessidade de mentir mais uma vez naquela noite, para explicar a seus pais de onde vinham as rosas. Nosso projeto, no primeiro encontro, de ir a uma academia de desenho; a mentira do telefone que ela repetiria naquela noite a seus pais, mentira à qual se acrescentaria a das rosas — eram favores mais doces que um beijo. Pois, tendo beijado muitas vezes lábios de meninas pequenas, sem grande prazer, esquecendo que era porque não as amava, eu desejava pouco os lábios de Marthe. Ao passo que tal cumplicidade era até então desconhecida para mim.

Marthe saiu do correio, radiante após a primeira mentira. Dei ao chofer o endereço de um bar na rue Daunou.

Ela se extasiava como uma aluna de internato ante a

roupa branca do barman, a graça com que ele sacudia as coqueteleiras de prata, os nomes bizarros ou poéticos das misturas. Aspirava de quando em quando as rosas vermelhas, de que pretendia fazer uma aquarela que me daria como lembrança daquele dia. Pedi-lhe para me mostrar uma fotografia de seu noivo. Achei-o bonito. Sabendo a importância que ela dava à minha opinião, levei a hipocrisia ao ponto de dizer que ele era muito bonito, mas com ar pouco convencido, fazendo-a pensar que o dizia por delicadeza. O que, segundo meus cálculos, deveria perturbar seu espírito e granjear seu reconhecimento.

À tarde, entretanto, precisamos considerar o motivo de sua saída. Seu noivo, cujos gostos ela conhecia, deixara inteiramente em suas mãos a tarefa de escolher a mobília. Mas sua mãe queria por força acompanhá-la. Enfim, prometendo-lhe não cometer extravagâncias, Marthe conseguira sair só. Naquele dia ela devia escolher uns móveis para o quarto de dormir. Embora eu me houvesse prometido não demonstrar extremo prazer ou desagrado ante as palavras de Marthe, precisei fazer esforço para continuar andando no bulevar com um passo que agora não mais condizia com o ritmo do meu coração.

A obrigação de acompanhar Marthe pareceu-me má sorte. Ajudá-la a escolher um quarto para ela e um outro! Vislumbrei então uma maneira de escolher um quarto para Marthe e eu.

Esqueci tão depressa seu noivo que, em quinze minutos de caminhada, ficaria surpreso se alguém me lembrasse que naquele quarto um outro dormiria junto a ela.

Seu noivo apreciava o estilo Luís XV.

O mau gosto de Marthe era outro: ela preferia o estilo japonês. Logo, eu tinha de combater ambos. À menor insinuação de Marthe, adivinhando o que a atraía, tinha de mostrar-lhe o oposto, a fim de dar a impressão de ceder a seus caprichos quando abandonasse um móvel em favor de outro menos desagradável a seus olhos.

Ela murmurava: "E ele que queria um quarto rosa!".
Não mais ousando sequer confessar seu próprio gosto,
ela o atribuía ao noivo. Eu previa que dentro de alguns
dias troçaríamos dele juntos.

Entretanto, não compreendia bem sua fraqueza. "Se
ela não me ama", pensava, "que motivo tem para ceder, para sacrificar suas preferências, e as desse moço, às
minhas?" Não encontrava nenhum. A explicação mais
simples seria que ela estivesse apaixonada por mim. Mas
eu estava certo do contrário.

Marthe me dissera: "Vamos deixar-lhe ao menos o
papel de parede rosa". "Deixar-lhe!" A essas palavras,
quase cedi. Mas "deixar-lhe o papel rosa" equivalia a
abandonar tudo. Fiz ver a Marthe como a parede rosa
estragaria a harmonia dos móveis simples que "nós havíamos escolhido" e, ainda hesitando ante a audácia, sugeri que caiasse as paredes do quarto!

Era o golpe de misericórdia. Ela fora tão atormentada o dia inteiro que o recebeu sem reagir. Limitou-se a
dizer: "É, você tem razão".

Ao fim desse dia exaustivo, felicitei-me pelo passo que
havia dado. Móvel por móvel, conseguira transformar
aquele casamento de amor — ou melhor, de amorico —
num casamento de razão ou conveniência, em que a razão,
porém, não tinha nenhum papel, um não encontrando no
outro senão as vantagens de um casamento de amor.

Ao se despedir naquela noite, em vez de evitar daí em
diante meus conselhos, pediu-me que a ajudasse a escolher os outros móveis nos dias seguintes. Concordei, com
a condição de ela jurar jamais contar a seu noivo, pois o
único motivo que poderia eventualmente fazê-lo aceitar
os móveis, se amava Marthe, seria pensar que tudo partira dela — da vontade dela, futuramente de ambos.

Quando voltei para casa acreditei ler no olhar de meu
pai que ele já sabia de minha escapada. Claro que nada
sabia; como poderia?

"Ah, Jacques vai se habituar a esse quarto!", dissera Marthe. Ao me deitar, dizia a mim mesmo que, se Marthe costumava sonhar com o casamento antes de dormir, nessa noite o veria de modo diferente das anteriores. Quanto a mim, qualquer que fosse o resultado desse idílio, já me vingara antecipadamente de seu Jacques: imaginava a noite de núpcias naquele quarto austero, "meu" quarto!

Na manhã seguinte, espreitei na rua o carteiro que deveria trazer a comunicação de minha ausência. Tomei-a e a escondi no bolso, colocando as outras cartas na caixa do portão. Estratagema simples demais para não ser usado regularmente.

Faltar à aula queria dizer, para mim, amar Marthe. Mas me enganava. Marthe era apenas o pretexto. E a prova é que, depois de saborear a liberdade com Marthe, quis saboreá-la só, e em seguida fazer seguidores. A liberdade tornou-se rapidamente uma droga.

O ano letivo chegava ao fim, e eu via com terror que minha indolência ficaria impune, quando eu desejava a expulsão — um drama, enfim, para encerrar aquele período.

À força de viver com as mesmas ideias, de ver apenas uma coisa, se a desejamos com ardor não percebemos mais o crime que são nossos desejos. Sem dúvida, eu não procurava dar desgostos a meu pai; no entanto, desejava o que mais os daria. As aulas sempre foram um suplício para mim; Marthe e a liberdade acabaram por torná-las intoleráveis. Eu bem percebia que, se gostava menos de René, era porque ele me lembrava algo da escola. Eu sofria, e esse temor me fazia até mesmo fisicamente doente à ideia de retornar, no ano seguinte, à companhia estúpida de meus colegas.

Para desgraça de René, tive êxito em fazê-lo partilhar meu vício. Assim, quando ele, menos hábil do que eu, anunciou que fora expulso do Henri IV, acreditei tê-lo sido também. Era preciso informar a meu pai, pois ele apreciaria o fato de eu mesmo lhe dizer, antes da carta do censor, muito séria para ser interceptada.

Estávamos numa quarta-feira. No dia seguinte, em que não havia aula, esperei que meu pai fosse a Paris para avisar minha mãe. A perspectiva de quatro dias de comoções em casa preocupou-a mais do que a notícia. Depois fui para a beira do Marne, onde Marthe me dissera que talvez me encontrasse. Ela não estava. Sorte minha. Meu amor teria extraído desse encontro uma energia maléfica, e eu poderia depois brigar com meu pai. Ao passo que, se a tempestade rompesse após um dia triste e vazio, eu entraria em casa cabisbaixo, como convinha. Voltei pouco depois da hora em que meu pai chegava. Ele "já sabia", portanto. Passeei no jardim, aguardando sua chamada. Minhas irmãs brincavam em silêncio. Pressentiam alguma coisa. Um de meus irmãos, excitado já pela tempestade, disse-me para chegar ao quarto onde meu pai estava deitado.

Gritos, ameaças permitiriam que eu me revoltasse. Mas foi pior. Meu pai permaneceu em silêncio; em seguida, sem nenhum rancor, com uma voz mais suave do que de costume, falou:

— Muito bem, o que é que você pretende fazer agora?

As lágrimas que não podiam sair por meus olhos zumbiam em minha cabeça, como um enxame de abelhas. A uma vontade eu poderia opor a minha, embora impotente. Mas diante de tal suavidade, pensava apenas em me submeter.

— O que o senhor me mandar fazer.

— Não, não minta mais. Sempre deixei você agir como quisesse; continue. Sem dúvida pretende fazer com que eu me arrependa.

Quando muito jovens, somos inclinados a pensar, como as mulheres, que as lágrimas tudo consertam. Nem sequer lágrimas meu pai me pedia. Diante de sua generosidade, eu sentia vergonha do presente e do futuro. Sentia que qualquer coisa que lhe dissesse seria mentira. "Que esta mentira pelo menos o console um pouco", pensei, "antes de tornar-se uma fonte de novos sofrimentos." Ou talvez não, eu ainda esteja mentindo a mim mesmo. O que eu queria era um tipo de ocupação pouco mais cansativo que uma caminhada e que, do mesmo modo, deixasse meu espírito livre para não se separar de Marthe um minuto. Pretextei que sempre quisera pintar, mas nunca ousara lhe dizer. Mais uma vez ele não se opôs, com a condição de que eu continuasse a estudar em casa o que deveria estudar no colégio, com liberdade para pintar.

Quando os laços ainda não são sólidos, basta faltar a um encontro para perder alguém de vista. De tanto pensar em Marthe, pensava cada vez menos. Meu espírito reagia como nossos olhos diante do papel de parede do quarto. À força de vê-lo, acabam não o enxergando mais.

Coisa inacreditável! Cheguei mesmo a tomar gosto pelo trabalho. Não havia mentido como temera.

Quando algo vindo do exterior me obrigava a pensar menos passivamente em Marthe, eu o fazia sem amor, com a melancolia que sentimos pelo que poderia ter sido. "Ora!", dizia a mim mesmo, "seria querer demais. Não se pode ao mesmo tempo escolher a cama e deitar-se nela."

Uma coisa espantava meu pai. A carta do censor não chegava. Fez com isso sua primeira cena, julgando que eu houvesse subtraído a carta e fingido em seguida anunciar voluntariamente a notícia, obtendo assim sua indulgência. Na realidade, a tal carta não existia. Eu me acreditava expulso do colégio, mas me enganara. Daí meu pai nada compreender, quando no começo das férias recebemos uma carta do diretor.

Perguntava se eu estava doente e se devia me inscrever para o ano seguinte.

A alegria de finalmente dar satisfação a meu pai preenchia um pouco o vazio sentimental em que me achava. Pois, se eu pensava não mais amar Marthe, pelo menos a considerava o único amor que teria sido digno de mim. Quer dizer, eu ainda a amava.

Tais eram minhas disposições de espírito quando, no fim de novembro, um mês após o anúncio do casamento, encontrei, ao chegar em casa, um convite de Marthe que começava assim: "Não compreendo seu silêncio. Por que não vem me ver? Será que esqueceu que foi você quem escolheu meus móveis?".

Marthe morava em J...; sua rua terminava no Marne. Cada calçada contava no máximo uma dúzia de casas. Espantei-me que a sua fosse tão grande. Na verdade, ela habitava apenas o andar de cima; o térreo era partilhado entre os proprietários e um velho casal.

Quando cheguei já era noite. Não havia sinal de presença humana, mas uma janela revelava a existência de fogo. Vendo aquela janela iluminada por chamas desiguais como ondas, acreditei num começo de incêndio. A porta de ferro do jardim estava entreaberta. Espantei-me com tamanha negligência. Procurei a sineta; não a encontrei. Enfim, transpondo os três degraus do pórtico, decidi-me a bater na vidraça da direita, atrás da qual ouvia vozes. Uma velha abriu a porta. Perguntei-lhe onde morava a sra. Lacombe (era este o novo sobrenome de Marthe). "É em cima." Subi a escada na escuridão, aos trancos e barrancos, morrendo de medo de que algo de ruim houvesse ocorrido. Bati. Foi Marthe quem me atendeu. Quase lhe saltei ao pescoço, como fazem as pessoas que mal se conhecem, ao escapar de um naufrágio. Ela não compreenderia. Sem dúvida me achou alterado, pois antes de qualquer coisa eu perguntei por que havia fogo.

— É que enquanto esperava você acendi a lareira da sala com madeira de oliva, e fiquei lendo à luz do fogo.

Ao entrar no pequeno quarto que lhe servia de sala, não muito mobiliado, mas cujas tapeçarias e grossos tapetes, macios como pelo de animal, tornavam mais estreito, dando-lhe o aspecto de uma caixa, senti-me simultaneamente feliz e infeliz, como um dramaturgo que, ao ver sua peça encenada, tarde demais descobre algumas falhas.

Marthe se deitara novamente diante da lareira, atiçando o fogo, cuidando para não misturar o carvão à cinza.

— Será que você não gosta do cheiro da oliva? Foram meus sogros que me mandaram uma provisão de sua propriedade do Sul.

Marthe parecia se desculpar por um detalhe de sua autoria, naquele cômodo que era obra minha. Talvez esse elemento destruísse um conjunto que ela compreendia mal.

Pelo contrário. Aquele fogo me encantava, assim como ver que ela, como eu, esperava sentir um lado do corpo bem quente antes de virar o outro. Seu rosto sério e calmo nunca me pareceu tão belo como àquela luz selvagem. Por não se difundir no resto da sala, a luz guardava toda a sua intensidade. A pouca distância, tudo era escuro, uma pessoa poderia se bater nos móveis.

Marthe ignorava o que é ser brincalhona. Mesmo contente permanecia grave.

Meu espírito se entorpecia pouco a pouco a seu lado, e eu a achava diferente. É que, agora que estava certo de não mais ter amor a Marthe, começava a amá-la. Sentia-me incapaz de cálculos e maquinações, de tudo o que até esse momento, nele inclusive, pensava que o amor não podia dispensar. De repente, eu me sentia melhor. Essa mudança brusca teria aberto os olhos a qualquer um, mas eu não via que estava apaixonado por Marthe. Pelo contrário, via nisso a prova de que meu amor morrera, e que uma bela amizade o substituiria. Essa longa perspectiva de amizade me fez, de súbito, admitir o quanto algum outro sentimento seria criminoso, prejudicando um homem que a amava, a quem ela deveria pertencer, e que não podia vê-la.

Outra coisa, porém, dizia mais acerca de meus verdadeiros sentimentos. Alguns meses antes, ao encontrar Marthe, meu pretenso amor não me impedira de achar feia a maioria das coisas que ela achava belas, e infantil a maioria das coisas que ela dizia. Agora, se não pensava como ela, considerava-me errado. Após a rudeza de meus primeiros desejos, era a doçura de um sentimento mais profundo que me enganava. Não me sentia mais capaz de empreender o que me propusera. Começava a respeitar Marthe, porque começava a amá-la.

Voltei todas as noites. Não me ocorreu sequer pedir que me mostrasse o quarto, nem lhe perguntar o que Jacques pensara dos móveis. Não desejava nada além daquele eterno noivado, nossos corpos vizinhos e imóveis junto ao fogo, eu não ousando mover-me, receando que um só gesto bastasse para afugentar a felicidade.

Mas Marthe, que experimentava o mesmo encanto, acreditava fazê-lo só. Em minha indolência feliz ela via indiferença. Pensando que não a amava, ela imaginou que eu me cansaria logo daquela sala silenciosa, se ela não fizesse algo para me prender.

Permanecíamos calados. Eu via nisso uma prova de felicidade.

Eu me sentia tão próximo de Marthe, com a certeza de que pensávamos ao mesmo tempo nas mesmas coisas, que falar-lhe teria parecido absurdo, como falar alto quando se está só. Esse silêncio atormentava a pobre coitada. O sábio teria sido utilizar meios tão grosseiros como a palavra e o gesto, lamentando ao mesmo tempo não existirem outros mais sutis.

Vendo-me afundar todos os dias nesse mutismo delicioso, Marthe imaginou que eu me entediava cada vez mais. Sentia-se disposta a tudo para me distrair.

Com o cabelo solto, ela adorava dormir perto do fogo. Ou melhor, eu pensava que ela dormia. Seu sono era apenas um pretexto para colocar os braços em torno de meu pescoço e, uma vez desperta, dizer-me com os olhos úmidos que acabava de ter um sonho triste. Não queria jamais contá-lo. Eu me aproveitava de seu falso sono para aspirar seus cabelos, seu pescoço, seu rosto em brasa, roçando-os de leve para não acordá-la. Tais carícias não são, como se crê, o dinheiro miúdo do amor, mas sim as notas mais raras, a que só a paixão pode recorrer, e eu as acreditava autorizadas por minha amizade. Mas começava a me desesperar seriamente ao perceber que só o amor nos dá direitos sobre uma mulher. Poderia passar sem o amor, eu pensava, mas nunca sem ter direitos sobre Marthe. E para tê-los estava decidido até mesmo ao amor, acreditando ao mesmo tempo deplorá-lo. Eu desejava Marthe e não o compreendia.

Quando ela dormia assim, a cabeça apoiada em meu braço, eu me debruçava para ver seu rosto iluminado pelas chamas. Era brincar com fogo. Um dia me aproximei demais, sem que no entanto meu rosto tocasse o seu. Fui como a agulha que penetra um milímetro na zona proibida e é capturada pelo ímã. Culpa da agulha ou do ímã? Foi assim que senti meus lábios contra os seus. Seus olhos ainda estavam fechados, mas era óbvio que não dormia. Eu a beijava, estupefato com minha audácia, quando na realidade fora ela que me atraíra para si com força. Suas mãos se agarraram ao meu pescoço. Não teriam se agarrado mais furiosamente se estivéssemos naufragando. Eu não compreendia se ela queria que eu a salvasse ou que me afogasse junto com ela.

Agora ela estava sentada, minha cabeça sobre os seus joelhos, acariciando meu cabelo e repetindo docemente: "Você deve ir embora, você não deve mais voltar". Eu não ousava tratá-la por *tu*. Quando não podia mais permanecer em silêncio, escolhia cuidadosamente as palavras, pois, se não conseguia tratá-la por *tu*, sentia que seria ainda mais impossível dizer *vous*.[10] Minhas lágrimas me queimavam. Se uma caía sobre a mão de Marthe, eu esperava ouvir um grito. Eu me acusava de haver quebrado o encanto, dizendo-me que fora loucura pressionar meus lábios contra os seus, esquecendo ter sido ela que me beijara. "Você deve ir embora e não voltar mais." Lágrimas de raiva misturavam-se a minhas lágrimas de dor. Do mesmo modo, a fúria do lobo preso o fere tanto quanto a armadilha. Falar algo teria sido insultar Marthe. Meu silêncio a inquietava; ela via resignação nele. "Já que é tão tarde", eu a imaginava pensando (com injustiça talvez clarividente), "por que ele não poderia sofrer também?" Nesse tormento, eu tremia e batia o queixo. Àquele sofrimento, que acabava com minha infância, somavam-se sentimentos infantis. Eu era o espectador que se recusa a sair porque o final da peça o decepciona. Disse a Marthe: "Não vou sair. Você brincou comigo. Não quero mais ver você".

Pois, se não desejava voltar para meus pais, também não desejava vê-la de novo. Antes a expulsaria da própria casa!

Mas ela soluçava: "Você é uma criança. Será que não entende que lhe peço para sair porque o amo?".

Disse-lhe odiosamente que compreendia bem seus deveres e o fato de seu marido estar na guerra.

Ela sacudiu a cabeça: "Antes de você aparecer eu era feliz, pensava amar meu noivo. Eu perdoava a ele por não me compreender bem. Foi você que me mostrou que eu não o amava. Meu dever não é o que você pensa. Não é não mentir a meu marido, mas sim não mentir a você. Vá, e não me queira mal. Logo você haverá de me esquecer. Não quero estragar sua vida. Estou chorando porque sou muito velha para você!".

Essa declaração era sublime em sua puerilidade. Quaisquer que fossem as paixões que experimentasse depois em minha vida, jamais teria de novo a sensação adorável de ver uma menina de dezenove anos chorar por ser velha demais.

O sabor do primeiro beijo me decepcionara, como uma fruta saboreada pela primeira vez. Não é na novidade, mas no hábito que encontramos os maiores prazeres. Alguns minutos depois, não apenas estava habituado à boca de Marthe como não podia passar sem ela. Foi então que Marthe falou em privar-me dela para sempre.

Naquela noite ela me conduziu até minha casa. Para sentir-me mais próximo eu me encolhia sob seu casaco, envolvendo sua cintura. Ela não insistia mais em que não nos víssemos de novo. Pelo contrário, a ideia de que nos separaríamos dentro em pouco a entristecia. Fazia-me jurar mil loucuras.

Diante da casa de meus pais, não quis que voltasses só e acompanhei-a até sua casa. Esse jogo infantil poderia sem dúvida continuar eternamente, pois ela queria me acompanhar de volta. Aceitei, com a condição de que me deixasse na metade do caminho.

Cheguei meia hora atrasado para o jantar. Era a primeira vez. Culpei o trem pelo atraso. Meu pai fingiu acreditar.

Nada mais me pesava. Na rua eu andava tão leve quanto em meus sonhos.

Até então, eu tivera de renunciar a tudo que cobiçara enquanto criança. Por outro lado, a gratidão estragava os brinquedos que eu ganhava. Que prestígio devia ter para uma criança um brinquedo que se oferece a si mesmo! Eu estava inebriado de amor. Marthe era minha. Ela mesma o dissera; não eu. Podia tocar em seu rosto, beijar seus olhos, seus braços, vesti-la, feri-la, como quisesse. Em meu delírio, eu a mordia em lugares onde a pele ficava à mostra, para que sua mãe suspeitasse de um amante. Eu queria poder marcá-la com minhas iniciais. Minha selvageria de criança redescobria o velho sentido da tatuagem. Marthe dizia: "Sim, me morda, me marque, quero que todo mundo saiba".

Eu queria poder beijar seus seios. Mas não ousava pedir, imaginando que ela mesma saberia oferecê-los, como fizera com os lábios. Ao fim de alguns dias, habituado a seus lábios, não pensava em outras delícias.

Costumávamos ler juntos à luz do fogo, onde ela jogava frequentemente as cartas que seu marido lhe enviava a cada dia do fronte. Pela inquietação dessas cartas, adivinhava-se que as de Marthe se tornavam cada vez menos carinhosas e mais raras. Não era sem algum mal-estar que eu via essas cartas arderem. Elas avivavam um segundo o fogo e, tudo somado, eu tinha medo de ver tão claro.

Marthe, que agora me perguntava com frequência se era verdade que eu a amara desde o nosso primeiro encontro, me censurava por não tê-lo dito antes do casamento. Ela não teria se casado, dizia; pois, se sentira uma espécie de amor por Jacques no princípio do noivado, este, muito longo devido à guerra, apagara pouco a pouco seu amor. Ela esperava que os quinze dias de licença concedidos a Jacques pudessem transformar seus sentimentos.
 Ele foi canhestro. Aquele que ama irrita sempre aquele que não ama. E Jacques a amava cada vez mais. Suas cartas eram as de alguém que sofre, mas colocando alto demais sua Marthe para crê-la capaz de traição. Daí culpar a si mesmo, suplicando a Marthe que lhe dissesse somente que mal lhe podia ter feito: "Sinto-me tão rude a seu lado, tenho a impressão de que cada palavra minha

fere você". Marthe respondia-lhe simplesmente que ele se enganava, que ela nada lhe censurava.

Estávamos então no começo de março. A primavera foi precoce. Nos dias em que não me acompanhava a Paris, Marthe esperava que eu voltasse da aula de desenho, nua sob o penhoar, estendida diante da lareira onde queimava sempre a oliva de seus sogros. Ela havia pedido que renovassem a provisão. Não sei que timidez — se não é timidez o que experimentamos em face do que nunca fizemos — me detinha. Lembrei-me de Dáfnis. Neste caso era Cloé que havia recebido algumas lições e Dáfnis não ousava pedir que o ensinasse.[11] De fato, eu considerava Marthe uma virgem, entregue a um desconhecido na primeira quinzena de núpcias e por ele possuída várias vezes à força.

De noite na cama eu chamava por Marthe, desprezando-me, eu que me acreditava um homem, por não sê-lo o bastante para fazê-la minha mulher. Todo dia, no caminho para sua casa, eu me prometia não sair sem que a fizesse minha.

No dia de meus dezesseis anos, em março de 1918, suplicando que não me zangasse, Marthe presenteou-me um penhoar semelhante ao seu, para que eu vestisse quando a seu lado. Em minha alegria quase fiz um trocadilho, eu que nunca os fazia. Minha *pretexta*![12] Pois me parecia que o que até então entravara meus desejos fora o medo do ridículo, de me saber vestido quando ela não estava. Pensei logo em vesti-lo no mesmo dia. Então enrubesci, compreendendo a censura implícita no presente.

No início de nosso amor Marthe havia me dado uma chave de seu apartamento, para que eu não precisasse esperá-la no jardim, caso ela estivesse na cidade. Eu poderia me servir menos inocentemente dessa chave. Era um sábado. Deixei Marthe prometendo-lhe almoçar com ela no dia seguinte. Mas estava decidido a voltar à noite o mais cedo possível.

No jantar anunciei a meus pais que no dia seguinte faria com René um longo passeio na floresta de Sénart. Partiria, portanto, às cinco horas da manhã. Como toda a casa ainda estaria dormindo, ninguém poderia saber a hora em que eu saíra ou se já acordara.

Mal participei esse projeto a minha mãe, ela quis preparar um cesto de provisões para comermos na estrada. Fiquei consternado; o cesto destruiria todo o romanesco e sublime do meu ato. Eu, que antegozava o assombro de Marthe ao me ver entrar no quarto, pensava agora em suas gargalhadas ao ver aparecer seu príncipe encantado com um cesto de compras no braço. Em vão disse a minha mãe que René providenciara tudo, ela não quis escutar. Insistir seria despertar suspeitas.

O que faz a desgraça de uns é motivo de felicidade para outros. Enquanto minha mãe arrumava o cesto que estragava antecipadamente minha primeira noite de amor, eu via os olhos cheios de cobiça de meus irmãos.

Pensei em lhes dar a comida às escondidas, mas depois de comerem tudo, ante a ameaça de uma surra e pelo prazer de me ver em apuros, eles me delatariam. Era preciso então me resignar, já que nenhum esconderijo parecia bastante seguro. Decidira não partir antes da meia-noite, para ter certeza de que meus pais dormiam. Tentei ler. Mas, como soassem dez horas no relógio da prefeitura e eles já houvessem se retirado algum tempo antes, não pude esperar. O quarto de casal era no andar de cima, o meu no térreo. Não colocara minhas botas, a fim de escalar o muro o mais silenciosamente possível. Segurando-as com uma das mãos, tendo na outra o cesto, frágil por causa das garrafas, abri com precaução a pequena porta da despensa. Chovia. Tanto melhor: a chuva cobriria o barulho. Percebendo que a luz ainda não se apagara no quarto de meus pais, quase voltei para a cama. Mas agora já estava a caminho. A precaução das botas já não era possível; tive de calçá-las devido à chuva. Em seguida, era preciso escalar o muro para não agitar o sino do portão. Aproximei-me do muro, junto ao qual havia tomado o cuidado, depois do jantar, de colocar uma cadeira de jardim para facilitar minha evasão. Esse muro era guarnecido de telhas no topo, e a chuva as tornava escorregadias. Ao me suspender, uma delas caiu, e minha angústia decuplicou o barulho da queda. Agora precisava saltar no outro lado. Segurando o cesto nos dentes, caí numa poça. Durante um longo minuto permaneci de pé, os olhos voltados para a janela de meus pais para ver se eles se moviam, tendo percebido algo. A janela permaneceu vazia. Estava salvo!

Para ir até Marthe, segui o Marne. Pensava em esconder o cesto num arbusto e recolhê-lo no dia seguinte. Mas a guerra tornava tal coisa perigosa. Com efeito, no único lugar em que havia arbustos onde seria possível esconder o cesto havia uma sentinela, guardando a ponte de J... Hesitei longamente, mais pálido que um homem ao colocar uma carga de dinamite. Ainda assim, consegui esconder minhas provisões.

O portão de Marthe estava fechado. Peguei a chave que deixávamos sempre na caixa de cartas. Atravessei o pequeno jardim na ponta dos pés e subi os degraus do pórtico. Tirei mais uma vez as botas antes de subir as escadas.

Marthe era tão nervosa! Talvez desmaiasse ao me ver em seu quarto. Eu tremia e não encontrava o buraco da fechadura. Enfim virei a chave lentamente, para não acordar ninguém. Bati-me contra o porta-chapéus da entrada. Receava tomar as campainhas por interruptores. Tateei meu caminho até o quarto. Parei, ainda tentado a fugir. Talvez Marthe jamais me perdoasse. Ou quem sabe eu descobrisse de súbito que ela me enganava, encontrando-a com outro homem!

Abri a porta e murmurei:

— Marthe?

Ela respondeu:

— Em vez de me assustar dessa maneira você poderia muito bem chegar amanhã de manhã. Então você teve licença uma semana antes?

Ela me tomou por Jacques!

Agora, se eu via de que modo ela o teria recebido, descobria ao mesmo tempo que ela já me escondia algo. Então Jacques chegaria em uma semana!

Acendi a luz. Ela permaneceu voltada contra a parede. Seria simples dizer: "Sou eu", mas eu não dizia. Beijei-a no pescoço.

— Você está todo molhado. Vá se enxugar.

Foi então que ela se voltou e soltou um grito.

Em um segundo sua atitude mudou completamente, e, sem mesmo se perguntar o porquê de minha presença àquela hora, falou:

— Mas querido, você vai ficar doente! Tire a roupa depressa.

Foi correndo reacender o fogo na sala. De volta ao quarto, vendo que eu não me movia, disse:

— Quer que eu o ajude?

Eu, que temia mais do que tudo o momento em que deveria me despir, imaginando o ridículo, eu agora bendizia a chuva que revestia esse ato de um sentido maternal. Mas Marthe ia e voltava da cozinha, a ver se a água de minha bebida estava quente. Enfim, encontrou-me nu na cama, meio escondido sob o cobertor. Repreendeu-me: loucura ficar nu; era preciso friccionar-me com água-de-colônia.

Em seguida, Marthe abriu um armário e jogou-me um pijama. "Deve ser do seu tamanho." Um pijama de Jacques! E eu pensei na chegada daquele soldado, bem possível, uma vez que Marthe me confundira com ele.

Eu estava na cama. Marthe juntou-se a mim. Pedi-lhe que apagasse a luz. Pois mesmo em seus braços desconfiava de minha timidez. A escuridão me daria coragem. Marthe respondeu docemente:

— Não. Quero ver você adormecer.

Senti um certo embaraço diante dessas palavras cheias de encanto. Via nelas a tocante doçura de uma mulher que tudo arriscava para se tornar minha amante e, não podendo avaliar minha timidez doentia, aceitava que eu adormecesse a seu lado. Há quatro meses eu dizia amá-la, sem lhe dar aquela prova da qual os homens são tão pródigos e que muitas vezes toma neles o lugar do amor. Eu mesmo apaguei a luz.

Fui tomado da mesma inquietação de pouco antes, do lado de fora. Mas, como a espera diante da porta, também não seria longa a espera diante do amor. Além disso, minha imaginação se prometia volúpias tais que não conseguia mais concebê-las. Também pela primeira vez eu receava me assemelhar ao marido e deixar em Marthe uma má lembrança de nossos primeiros momentos de amor.

Ela foi, portanto, mais feliz do que eu. Mas o instante em que nos desenlaçamos, e os seus olhos admiráveis, bem valia meu mal-estar. Seu rosto havia se transfigurado. Eu até me surpreendia por não poder tocar a auréola que realmente o rodeava, como nas pinturas religiosas.

Aliviado de meus medos, outros surgiam.

É que, compreendendo enfim o poder dos gestos que a minha timidez não havia ousado até então, eu tremia à ideia de que Marthe pertencesse ao marido mais do que queria admitir.

Como é impossível para mim compreender o que experimento pela primeira vez, eu deveria conhecer os prazeres do amor cada dia mais.

Enquanto isso, o falso prazer me trazia uma verdadeira dor de homem: o ciúme.

Detestava Marthe, porque compreendia, por seu rosto agradecido, o quanto valem os laços da carne. Maldizia o homem que despertara seu corpo antes de mim. Pensava na tolice de havê-la tomado por virgem. Em qualquer outra hora, desejar a morte de seu marido teria sido quimera infantil, mas esse desejo tornava-se agora quase tão criminoso como se eu o houvesse matado. Eu devia à guerra minha felicidade nascente; dela esperava agora a apoteose. Esperava que servisse a meu ódio como um anônimo que comete o crime em nosso lugar.

Agora chorávamos juntos; culpa da felicidade. Marthe me repreendia por não haver impedido seu casamento. "Mas nesse caso, eu estaria nesta cama escolhida por mim? Ela viveria com os pais; não poderíamos nos ver. Ela jamais teria pertencido a Jacques, mas também não me pertenceria. Sem ele, não podendo fazer comparações, talvez ela ainda lamentasse, esperando coisa melhor. Eu não odeio Jacques. Odeio saber que tudo devo a esse homem que enganamos. Mas amo demais a Marthe para achar nossa felicidade criminosa."

Chorávamos por sermos apenas crianças, dispondo de poucos meios. Roubar Marthe! Como ela não pertencia a ninguém, exceto a mim, seria o mesmo que roubá-

-la de mim, pois nos separariam. Pensávamos no fim da guerra, que seria o fim de nosso amor. Nós o sabíamos, e Marthe em vão jurava que largaria tudo para me seguir; não possuindo uma natureza rebelde, eu me punha em seu lugar e não concebia esse rompimento insensato. Marthe me explicou por que se considerava velha demais. Em quinze anos, a vida estaria apenas começando para mim, eu seria amado por mulheres de sua idade. "Haveria apenas sofrimento para mim. Se você me abandonasse, eu morreria. Se ficasse, seria por fraqueza, e eu sofreria vendo você sacrificar sua felicidade."

Apesar de minha indignação, aborreci-me comigo mesmo por não parecer bem convencido do contrário. Mas ser convencida era tudo o que Marthe desejava, e meus piores argumentos eram ótimos a seus olhos. Ela respondia: "É mesmo, eu não havia pensado nisso. Sinto que você diz a verdade." Diante dos temores de Marthe, eu sentia minha confiança menos sólida. Por isso minhas palavras de consolo eram sem convicção. Eu parecia não desiludi-la por pura polidez. Dizia: "Não, não, não seja boba". Ai de mim! Eu era muito sensível à juventude para não perceber que me afastaria de Marthe no dia em que sua juventude se apagasse e a minha florescesse.

Embora meu amor me parecesse haver atingido a forma definitiva, estava ainda no esboço. Vacilava ao mínimo obstáculo.

Por isso, naquela noite os arrebatamentos do espírito nos fatigaram mais que os da carne. Uns pareciam nos descansar dos outros; na verdade, esgotavam-nos. Os galos, mais numerosos, cantavam. Haviam cantado a noite inteira. Dei-me conta dessa mentira poética: que os galos cantam ao nascer do sol. Isso não era extraordinário. Minha idade ignorava a insônia. Mas Marthe também o notou, e com tanta surpresa, que só poderia ser a primeira vez. Ela não pôde compreender a força com que a cerrei contra mim, pois sua surpresa era a prova de que ainda não passara uma noite em branco ao lado de Jacques.

Meus transes me faziam ver em nosso amor um amor excepcional. Pensávamos ser os primeiros a sentir certas emoções, sem saber que o amor é como a poesia, e que todos os amantes, mesmo os mais medíocres, acreditam-se inovadores. Se eu dizia a Marthe (sem crer, aliás, mas para fazê-la pensar que partilhava suas inquietudes): "Você me deixará, outros homens lhe agradarão", ela afirmava estar segura de seu amor. Eu, por mim, persuadia-me pouco a pouco de que ficaria a seu lado mesmo quando ela fosse menos jovem, minha inércia terminando por fazer nossa felicidade eterna depender de sua energia.

O sono nos surpreendera em nossa nudez. Ao acordar, vendo-a descoberta, receei que sentisse frio. Apalpei seu corpo. Estava ardendo. Vê-la dormir dava-me um prazer sem igual. Ao fim de dez minutos, esse prazer me pareceu insuportável. Beijei-a no ombro. Não acordou. Um segundo beijo, menos casto, agiu com a violência de um despertador. Ela teve um sobressalto, esfregou os olhos e cobriu-me de beijos, como alguém que a gente ama e que encontra na cama após haver sonhado que morreu. Ela, ao contrário, acreditara sonhar o que era verdadeiro, e encontrou-me ao despertar.

Já eram onze horas. Bebíamos nosso chocolate, quando ouvimos a campainha. Pensei em Jacques: "Contanto que esteja armado". Eu, que tinha tanto medo da morte, não tremia. Pelo contrário, teria aceitado que fosse Jacques, com a condição que nos matasse. Qualquer outra solução me parecia ridícula.

Encarar a morte com tranquilidade só conta se a encaramos sozinhos. A morte a dois não é mais morte, mesmo para os incrédulos. O que atormenta não é deixar a vida, mas deixar o que lhe dá sentido. Quando um amor é nossa vida, que diferença há entre viver juntos e morrer juntos?

Não tive tempo de me crer um herói, pois, pensando que talvez Jacques matasse apenas Marthe, ou a mim, eu media meu egoísmo. Sabia mesmo, das duas tragédias, qual a pior?

Como Marthe não se movia, pensei ter me enganado, que haviam tocado no vizinho. Mas a campainha soou de novo.

— Silêncio, não se mexa! — sussurrou. — Deve ser minha mãe. Esqueci completamente que ela passaria aqui depois da missa.

Fiquei feliz em testemunhar um de seus sacrifícios. Quando uma namorada, um amigo atrasam-se alguns minutos para um encontro, eu os imagino mortos. Atribuindo essa forma de angústia à mãe de Marthe, eu saboreava seu temor e o fato de ela experimentá-lo por minha culpa.

Ouvimos o portão do jardim se fechar, depois de uma conversa (evidentemente, a sra. Grangier perguntava no térreo se haviam visto sua filha naquela manhã). Marthe olhou através da veneziana e disse: "Era ela mesmo". Não pude resistir ao prazer de também ver a sra. Grangier partindo, o missal na mão, inquieta com a ausência incompreensível da filha. Ela se voltou ainda uma vez, em direção à veneziana fechada.

Agora que nada mais me restava a desejar, eu sentia que me tornava injusto. Incomodava-me que Marthe pudesse mentir sem escrúpulos a sua mãe; minha falsidade a recriminava por ser capaz de mentir. Mas o amor, que é o egoísmo a dois, sacrifica tudo a si, e vive de mentiras. Impelido pelo mesmo demônio, censurei-a também por haver escondido de mim a chegada de seu marido. Até então eu amortecera meu despotismo, não me sentindo com o direito de reinar sobre Marthe. Minha dureza tinha suas calmarias. Eu murmurava: "Logo você terá horror a mim. Sou tão bruto como seu marido". "Ele não é bruto", respondia ela. Ao que eu retrucava: "Então você nos engana aos dois. Diga logo que o ama e fique satisfeita: em oito dias poderá me trair com ele".

Ela mordia os lábios, chorava:

— Que é que eu fiz para você ficar assim cruel? Eu suplico, não estrague nosso primeiro dia de felicidade.

— Você deve me amar bem pouco, para que hoje seja seu primeiro dia de felicidade.

Essa espécie de golpe fere aquele que o aplica. Eu não cria em nada do que dizia, e no entanto sentia necessidade de dizê-lo. Era-me impossível explicar a Marthe que meu amor crescia. Provavelmente ele alcançava a adolescência, e essa feroz implicância era a mudado amor, que se tornava paixão. Eu sofria, e implorava a Marthe que esquecesse meus ataques.

A criada dos proprietários fez deslizar algumas cartas por baixo da porta. Marthe as recolheu. Havia duas de Jacques. Como resposta a minhas dúvidas, disse: "Faça delas o que quiser". Tive vergonha. Pedi que as lesse, mas guardasse para si o conteúdo. Marthe, por um desses reflexos que nos levam às piores bravatas, rasgou um dos envelopes. Difícil de rasgar, a carta devia ser longa. Seu gesto tornou-se uma nova ocasião para censuras. Eu detestava essa bravata, e o remorso que ela não deixaria de sentir. Esforcei-me para nada dizer, apesar de tudo, e, desejando que ela não rasgasse a segunda carta, pensei comigo que após aquela cena era impossível que Marthe não fosse má. A meu pedido, leu a carta. Um reflexo podia tê-la feito rasgar a primeira, mas não fazê-la dizer, depois de haver percorrido a segunda: "O céu nos recompensa por não ter rasgado a carta. Jacques diz que agora as licenças foram canceladas em seu setor, e ele não virá antes de um mês".
Só o amor perdoa tais lapsos de gosto.

Esse marido começava a me irritar, mais do que se estivesse presente e fosse preciso ser cauteloso. Uma carta dele adquiria, de repente, a importância de um espectro. Nós almoçamos tarde. Por volta das cinco horas, fomos passear à beira do rio. Marthe ficou estupefata quando retirei um cesto de uma moita, sob os olhos da sentinela. A história do cesto a divertiu bastante. Eu não receava mais o ridículo. Andávamos, sem nos dar conta da indecência de nossa postura, com os corpos colados um ao outro. Nossos dedos se enlaçavam. Aquele primeiro domingo de sol trouxera os passeadores de chapéu de palha, como a chuva trouxera os cogumelos. As pessoas que conheciam Marthe não ousavam dizer-lhe boa-tarde; mas ela, nada percebendo, cumprimentava-os sem malícia. Deviam ver nisso uma fanfarronada. Ela me interrogou sobre como eu fugira de casa. Riu, e em seguida ficou séria; então me agradeceu, cerrando com força meus dedos, por ter corrido tantos riscos. Passamos de novo em sua casa para deixar o cesto. Na verdade, eu previa para aquele cesto, sob a forma de presente às tropas, um fim digno da aventura. Mas esse fim era tão chocante que o guardei para mim.

Marthe queria seguir o Marne até La Varenne. Jantaríamos diante da Ilha do Amor. Prometi mostrar-lhe o Museu do Brasão da França, o primeiro que visitara, ainda criança, e que me fascinara. Falei dele a Marthe como algo muito interessante. Mas quando constatamos que era uma farsa, não quis admitir que me iludira a tal ponto. A tesoura de Fulbert![13] Tudo! Em tudo eu acreditara! Fingi que lhe pregava uma peça inocente. Ela não compreendeu, pois eu era pouco dado a gracejos. Na verdade, esse incidente me deprimiu. Dizia a mim mesmo: eu, que hoje creio tanto no amor de Marthe, no futuro talvez veja nele uma brincadeira de enganar tolos, como o Museu do Brasão da França!

Pois eu duvidava com frequência de seu amor. Por vezes me perguntava se eu não era um passatempo, um capricho que ela dispensaria da noite para o dia, quando a paz viesse lembrá-la seus deveres. No entanto, há momentos em que uma boca, uns olhos não podem mentir. Certo. Mas, uma vez embriagados, os homens menos generosos irritam-se quando não aceitamos seu relógio, sua carteira de dinheiro. Nessa condição, são tão sinceros quanto no estado normal. Os momentos em que não podemos estar mentindo são precisamente aqueles em que mais mentimos, sobretudo a nós mesmos. Acreditar numa mulher "no momento em que ela não pode estar mentindo" é crer na falsa generosidade de um avaro.

Minha clarividência era apenas uma forma mais perigosa de minha ingenuidade. Eu me julgava menos ingênuo, mas era-o de outra forma, pois nenhuma idade é imune à ingenuidade. Menos ainda a velhice. Essa pretensa clarividência me obscurecia tudo, me fazia duvidar de Marthe. Ou antes, duvidava de mim mesmo, não me achando digno dela. Tivesse eu mil outras provas de seu amor, não estaria menos infeliz.

Eu conhecia bem o valor do que nunca exprimimos àqueles que amamos, por medo de parecer pueril, para não recear em Marthe esse pudor angustiante, e sofria por não poder penetrar em seu espírito.

Cheguei em casa às nove e meia da noite. Meus pais me perguntaram sobre o passeio. Descrevi com entusiasmo a floresta de Sénart e seus arbustos com o dobro de minha altura. Falei também de Brunoy, a encantadora vila onde havíamos almoçado. Súbito, minha mãe, em tom de zombaria, me interrompeu:

— A propósito, René esteve aqui às quatro horas e ficou muito surpreso ao saber que estava passeando com você.

Fiquei vermelho de vexame. Essa aventura, assim como outras, ensinou-me que, apesar de certas disposições, não fui feito para a mentira. Sou sempre apanhado. Meus pais nada mais disseram. Foram modestos em seu triunfo.

Meu pai, aliás, era inconscientemente cúmplice de meu primeiro amor. Ele antes o encorajava, contente de que minha precocidade se afirmasse de um modo ou de outro. E sempre temera que eu caísse nas mãos de uma má mulher. Estava satisfeito em me ver enamorado de uma boa menina. Só se rebelaria no dia em que teve prova de que Marthe desejava o divórcio.

Quanto a minha mãe, não via nossa ligação com tão bons olhos. Era ciumenta, e olhava Marthe como uma rival. Achava Marthe antipática, sem perceber que qualquer mulher o seria, pelo fato de eu amá-la. Além disso, preocupava-se mais que meu pai com o diz que diz. Espantava-se de que Marthe pudesse comprometer-se com um garoto de minha idade. Depois, ela havia crescido em F... Em todas essas pequenas vilas suburbanas, logo que se distanciam do subúrbio operário, vicejam as mesmas paixões, a mesma sede de mexericos que na província. Mas, por outro lado, a proximidade de Paris torna os rumores e mexericos mais ousados. Cada um precisa manter sua posição. Foi assim que, por ter uma amante cujo marido era soldado, vi pouco a pouco, sob a injunção das famílias, meus camaradas se afastarem. Desapareceram por ordem hierárquica: a começar pelo filho do tabelião até o de nosso jardineiro. Esses episódios, que me pareciam uma homenagem, feriam minha mãe.

Ela me via perdido por uma louca. Certamente censurava meu pai por me havê-la apresentado, e por fechar os olhos. Mas, achando que a meu pai cabia agir, e meu pai se calando, ela guardava o silêncio.

Passava todas as noites em casa de Marthe. Chegava às dez e meia e saía pela manhã, às cinco ou seis. Não mais escalava muros. Apenas abria a porta com minha chave. Mas esse comportamento franco exigia certos cuidados. Para que o sino da entrada não desse o alarme, eu envolvia o badalo à noite com algodão e retirava-o no dia seguinte ao voltar.

Em casa ninguém suspeitava de minhas ausências; o que não acontecia em J... Havia algum tempo os proprietários e o velho casal me viam com maus olhos, mal respondendo a meus cumprimentos.

De manhã, às cinco horas, para fazer o mínimo barulho possível, eu descia com os sapatos na mão. Calçava-os de novo embaixo. Uma manhã, cruzei com o rapaz do leite na escada. Ele segurava suas garrafas de leite; eu, meus sapatos. Desejou-me bom-dia com um sorriso terrível. Marthe estava perdida. Ele contaria a todos em J... O que me torturava mais ainda era o ridículo. Eu podia ter comprado o silêncio do rapaz, mas não o fiz, por não saber como me comportar.

À tarde, não ousei contar esse episódio a Marthe. De todo modo, ele não era necessário para comprometê-la. Isso era fato consumado havia muito tempo. Os rumores a tinham como minha amante bem antes de sê-lo na realidade. Nada percebíamos, mas logo veríamos tudo bem claro. Assim, um dia encontrei Marthe sem forças. O proprietário lhe dissera que havia quatro dias espreitava minha partida ao nascer do sol. De início se recusara a crer, mas agora não lhe restava nenhuma dúvida. O velho casal, cujo quarto ficava embaixo do de Marthe, queixava-se do barulho que fazíamos dia e noite. Marthe estava aterrorizada, desejava partir. Não era questão de usar de alguma prudência em nossos encontros. Sentíamo-nos incapazes de fazê-lo: o hábito estava formado. Agora Marthe começava a compreender bem algumas coisas que a haviam surpreendido. A única amiga que ela realmente amava, uma garota sueca, não mais respondia a suas cartas. Descobri que alguém que se correspondia com essa garota, tendo-nos visto um dia no trem, enlaçados, a havia aconselhado a não mais rever Marthe.

Fiz Marthe prometer que se rebentasse um drama, ou o que quer que fosse, em casa de seus pais ou com seu marido, ela mostraria firmeza. As ameaças do proprietário, certos rumores faziam-me temer, e ao mesmo tempo esperar, uma altercação entre Marthe e Jacques.

Marthe me pedira que a visitasse com frequência durante a licença de Jacques, a quem já havia falado de mim. Eu recusei, receando representar mal meu papel e ver um homem atencioso a seu lado. A licença deveria ser de onze dias. Talvez ele arranjasse um meio de ficar mais dois dias. Fiz Marthe jurar que me escreveria diariamente. Esperei três dias antes de ir ao correio, para ter certeza de encontrar uma carta. Havia quatro. Mas não pude pegá-las: faltava-me um dos documentos de identidade necessários. E estava pouco à vontade, havendo falsificado minha certidão de nascimento, pois a utilização da posta-restante só é permitida com dezoito anos de idade. Eu insistia no guichê, com ímpetos de jogar pimenta nos olhos da funcionária e tomar de sua mão as cartas que ela se recusava a me dar. Enfim, dado que me conheciam no correio, obtive, na impossibilidade de coisa melhor, que enviassem as cartas para minha casa no dia seguinte.

Decididamente, ainda tinha muito o que viver para me tornar um homem. Ao abrir a primeira carta de Marthe, perguntava-me como ela realizaria essa proeza: escrever uma carta de amor. Esquecia-me que nenhum gênero epistolar é mais fácil: basta ter amor. Achei as cartas de Marthe admiráveis, dignas das mais belas que havia lido. No entanto, ela me falava de coisas bem simples, e do suplício de viver longe de mim.

Eu me admirava de que meu ciúme não estivesse mais mordaz. Começava a pensar em Jacques como "o marido". Pouco a pouco esquecia sua juventude, via-o como um velho barbudo.

Eu não escrevia a Marthe; era muito arriscado. No fundo, encontrava-me feliz por não poder escrever, sentindo, como diante de toda novidade, um vago temor de não ser capaz de fazê-lo, e que minhas cartas lhe desagradassem ou parecessem ingênuas.

Dois dias depois, minha negligência fez com que, tendo deixado sobre minha mesa de trabalho uma carta de Marthe, ela desaparecesse; no dia seguinte, reapareceu sobre a mesa. A descoberta dessa carta arruinava meus planos: eu me aproveitara da licença de Jacques, e de minhas longas presenças, para dar a impressão de que me afastava de Marthe. Pois, se eu me mostrara fanfarrão no início, para que meus pais soubessem que tinha uma amante, começava a desejar que tivessem menos evidências. E eis que meu pai descobria a verdadeira causa de minha moderação.

Aproveitei esse descanso para voltar à academia de desenho; pois havia algum tempo desenhava meus nus por Marthe. Não sei se meu pai o adivinhava; pelo menos surpreendia-se maliciosamente, de uma maneira que me fazia enrubescer, da monotonia dos modelos. Retornei então à Grande-Chaumière e trabalhei muito, a fim de reunir uma provisão de estudos para o resto do ano, provisão que renovaria na visita seguinte do marido.

Revi também René, que havia sido expulso do Henri IV. Agora estudava no Louis-le-Grand. Eu o procurava lá todas as noites, depois da Grande-Chaumière. Nós nos frequentávamos em segredo, pois desde sua expulsão do Henri IV, e sobretudo depois de Marthe, seus pais, que antes me consideravam um bom exemplo, haviam-lhe proibido minha companhia.

René, para quem o amor, no amor, era um estorvo, caçoava de minha paixão por Marthe. Não podendo suportar suas alusões, disse-lhe covardemente que não amava, na verdade. Sua admiração por mim, que havia fraquejado nos últimos tempos, cresceu no mesmo instante.

Eu começava a me sentir inerte com o amor de Marthe. O que mais me atormentava era o jejum imposto a meus sentidos. Meu enervamento era o de um pianista sem piano, de um fumante sem cigarros.

René, que zombava de meu coração, estava, no entanto, apaixonado por uma mulher que ele acreditava amar sem amor. Esse gracioso animal, uma loura espanhola, contorcia-se de tal forma que parecia ter vindo de um circo. René, que afetava segurança de si, estava muito ciumento. Pediu-me, entre pálido e sorridente, que lhe fizesse um estranho obséquio. Esse obséquio, para quem conhece o ambiente de colégio, era a típica ideia do colegial. Ele desejava saber se essa mulher o enganava. Tratava-se então de fazer-lhe propostas, para descobrir.

Esse serviço me deixou embaraçado. Minha timidez novamente assomava. Mas por nada no mundo eu queria parecer tímido e, de resto, a dama veio me tirar do embaraço. Fez-me propostas tão diretas que a timidez, que impede certas coisas e obriga a fazer outras, impediu-me de respeitar René e Marthe. Esperava ao menos encontrar prazer, mas era como um fumante habituado a uma só marca. Só me restou, portanto, o remorso de haver enganado René, a quem jurei que a amante rejeitava qualquer proposta.

Diante de Marthe não experimentava remorso algum. Esforçava-me por senti-lo. Dizia a mim mesmo, em vão, que nunca lhe perdoaria se ela me enganasse. "Não é a mesma coisa", era a desculpa que me dava, com a notável banalidade que o egoísmo emprega em suas respostas. Assim também, admitia perfeitamente não escrever a Marthe, mas, se ela não me escrevesse, eu veria nisso a prova de que não me amava. No entanto, essa ligeira infidelidade reforçou meu amor.

Jacques nada compreendia na atitude de sua mulher. Marthe, antes tão loquaz, não lhe dirigia a palavra. Se ele perguntava: "O que você tem?", ela respondia: "Nada".

A sra. Grangier teve várias cenas com o pobre Jacques. Acusava-o de mau jeito com sua filha, arrependia-se de havê-la dado a ele. Atribuía a essa rudeza de Jacques a brusca mudança no caráter de Marthe. Quis levá-la de volta para sua casa. Jacques cedeu. Alguns dias depois de sua chegada, conduziu Marthe à casa da sra. Grangier, que, fazendo as mínimas vontades de sua filha, encorajava, sem o saber, seu amor por mim. Marthe nascera naquela casa. Cada coisa, dizia ela a Jacques, lembrava-lhe os tempos felizes em que pertencia a si mesma. Dormiria em seu quarto de menina. Jacques quis que ao menos arrumassem uma cama para ele. Provocou com isso uma crise de nervos. Marthe recusava-se a macular a câmara virginal.

O sr. Grangier achava tais pudores absurdos. A sra. Grangier aproveitou-se disso para dizer ao marido e ao genro que eles nada entendiam da delicadeza feminina. Sentia-se lisonjeada de que a alma de sua filha pertencesse tão pouco a Jacques. Tudo o que Marthe negava ao marido, a sra. Grangier reivindicava para si, achando sublimes os escrúpulos da filha. Sublimes eles eram, mas para mim.

Mesmo nos dias em que afirmava estar pior, Marthe insistia em sair. Jacques bem sabia que não era pelo prazer de acompanhá-lo. Marthe, não podendo confiar a ninguém as cartas a mim dirigidas, colocava-as ela mesma no correio.

Eu me congratulava mais do que nunca por meu silêncio, pois, se pudesse escrever-lhe, em resposta ao relato das torturas por ela infligidas, eu interviria em favor da vítima. Havia momentos em que eu me assombrava com o mal de que era autor; havia outros em que dizia a mim mesmo que Marthe jamais puniria Jacques o suficiente pelo crime de me havê-la tomado virgem. Mas, como nada nos faz nada menos "sentimental" que a paixão, eu estava afinal contente por não poder escrever, e que assim ela continuasse a desesperar Jacques.

Ele retornou abatido.

Todos justificaram essa crise pela solidão enervante em que vivia Marthe. Pois seus pais e seu marido eram os únicos a ignorar nossa ligação, e os proprietários não ousavam contar algo a Jacques, por respeito ao uniforme. A sra. Grangier felicitava-se por reaver sua filha, e por ela voltar a viver como antes do casamento. Eis por que os Grangier custaram a crer quando Marthe, no dia seguinte à partida de Jacques, anunciou que retornaria a J...

Eu a revi no mesmo dia. De início censurei-a brandamente por ter sido tão cruel. Mas, ao ler a primeira carta de Jacques, fiquei em pânico. Dizia como lhe seria fácil fazer-se matar, se não mais possuía o amor de Marthe.

Não notei a chantagem. Vi-me de repente responsável por uma morte, esquecendo que a desejara. Tornei-me ainda mais injusto e incompreensivo. De qualquer lado que nos virávamos abria-se uma ferida. Marthe insistia, em vão, que seria menos desumano não dar mais esperanças a Jacques, mas eu a obrigava a responder com carinho. Era eu que ditava a sua mulher as únicas cartas ternas que ele jamais recebeu. Ela as escrevia com relutância, em lágrimas, mas eu ameaçava não mais voltar se não me obedecesse. O fato de Jacques me dever suas únicas alegrias atenuava meus remorsos.

Vi como seu desejo de suicídio era superficial pelas cartas excessivamente otimistas que escreveu em resposta às *nossas*.

Eu admirava minha atitude em relação ao pobre Jacques, quando na verdade agia por egoísmo e por medo de ter um crime na consciência.

Um período feliz sucedeu ao drama. Mas, infelizmente, a sensação de algo provisório persistia. Era devida à minha idade e à minha natureza lassa. Eu não me resolvia a nada, nem a fugir de Marthe, que talvez me esquecesse e voltasse ao dever, nem a impelir Jacques à morte. Nossa união estava à mercê da paz, do retorno definitivo das tropas. Se ele rejeitasse sua mulher, ela ficaria para mim. Se a conservasse, eu me sentia incapaz de tomá-la à força. Nossa felicidade era um castelo de areia. Mas, no caso, a maré não tendo hora fixa, eu esperava que subisse o mais tarde possível.

Agora era Jacques, encantado com as cartas, que defendia Marthe da mãe, descontente com o retorno a J... Esse retorno, ajudado pela má disposição da sra. Grangier, despertava suas suspeitas. Outra coisa lhe parecia estranha: Marthe recusava domésticas, para escândalo de sua família e sobretudo da família de Jacques. Mas que podiam pais e sogros contra Jacques transformado em nosso aliado, graças às razões que eu lhe dava por intermédio de Marthe?

Foi então que J... abriu fogo sobre ela.

Os proprietários simulavam não vê-la. Ninguém a cumprimentava. Só os comerciantes, por razões profissionais, mostravam menos empáfia. Daí que Marthe, sentindo por vezes necessidade de trocar algumas palavras, demorava-se nos estabelecimentos. Quando estava em sua casa, se ela se ausentasse por mais de cinco minutos para comprar leite e doces, eu corria como um louco até a leiteria ou padaria, imaginando-a sob um bonde. Encontrava-a conversando com os vendedores. Furioso por me deixar levar daquele modo por minhas angústias, uma vez na rua dava livre curso a minha cólera. Acusava-a de ter gostos vulgares, de encontrar prazer na conversa de vendedores. Estes, cuja fala eu interrompia, me detestavam.

A etiqueta das cortes é bastante simples, como tudo que é nobre. Mas nada supera em enigmas o protocolo da gente miúda. Sua hierarquia se baseia, antes de tudo, na idade. Nada os chocaria mais que a reverência de uma velha duquesa a um jovem príncipe. Adivinha-se o ódio do padeiro e da vendedora de leite ao ver um menino perturbar suas relações familiares com Marthe. Para ela encontrariam mil desculpas, graças a essas conversas.

Os proprietários tinham um filho de vinte e dois anos, que agora estava de licença. Marthe convidou-o para um chá.

À noite, ouvimos gritos: proibiam-no de rever a inquilina. Habituado a que meu pai não proibisse nenhum ato meu, nada me surpreendeu mais do que a obediência do pateta.

No dia seguinte, ao atravessarmos o jardim, ele cavava a terra. Certamente um castigo. Um pouco constrangido, apesar de tudo, ele virou o rosto para não ter que dizer bom-dia.

Essas escaramuças afligiam Marthe; bastante inteligente e amorosa para perceber que a felicidade não reside na consideração dos vizinhos, ela era como esses poetas que sabem que a verdadeira poesia é coisa "maldita", mas que, apesar de sua convicção, às vezes sofrem por não obter o sufrágio que desprezam.

Conselheiros municipais sempre têm um papel em minhas aventuras. O sr. Marin, um velho de barba grisalha e aspecto nobre que morava no apartamento embaixo do de Marthe, era um antigo conselheiro municipal de J... Aposentado desde antes da guerra, ele amava servir a pátria quando a ocasião se apresentava. Contentando-se em desaprovar a política comunal, vivia com a mulher, fazendo e recebendo visitas apenas por ocasião do Ano-Novo.

Há alguns dias havia grande alvoroço embaixo, tanto mais distinto porque ouvíamos de nosso quarto os menores ruídos vindos do térreo. Vieram empregados para encerar o assoalho. A criada, auxiliada pela do proprietário, polia os objetos de prata no jardim e removia o azinhavre dos candelabros de cobre. Soubemos pela mulher da leiteria que os Marin preparavam uma festa-surpresa, por um motivo misterioso. A sra. Marin fora convidar o prefeito e pedir-lhe que colaborasse com oito litros de leite. E também que autorizasse o fornecimento de creme. Concedidas as permissões e chegado o dia (uma sexta-feira), uns quinze cidadãos eminentes apareceram na hora prevista com suas mulheres, cada qual fundadora de uma sociedade de assistência a mães sem leite ou soldados feridos, da qual era presidente, e as outras, sócias. A dona da casa, exibindo seu *savoir-vivre*, recebia diante da porta. Aproveitara-se da atração misteriosa para transformar a reunião em piquenique. Todas as damas pregavam economia e inventavam receitas. Logo, seus doces eram bolos feitos sem polvilho, cremes feitos com líquen etc. Cada nova convidada falava à sra. Marin: "Oh, não parece grande coisa, mas acho que está gostoso".

Quanto ao sr. Marin, aproveitava a festa para preparar sua *rentrée* na política.

Ora, a surpresa era Marthe e eu, como fiquei sabendo graças à caridosa indiscrição de um colega de trem, filho de um dos eminentes. Imaginem meu assombro ao saber que a distração dos Marin era colocar-se sob nosso quarto no fim da tarde para surpreender nossas carícias.

Sem dúvida haviam tomado gosto e desejavam tornar público seu divertimento. É claro que os Marin, gente respeitável, justificavam tal sem-vergonhice através da moral. Queriam que todos os moradores igualmente respeitáveis partilhassem sua revolta.

Os convidados estavam em seus lugares. A sra. Marin, sabendo-me em casa de Marthe, havia preparado a mesa sob o quarto. Ela ardia de ansiedade, e quisera uma batuta de maestro para dar início ao espetáculo. Graças à indiscrição do rapaz, que traíra para enganar a família e por lealdade a sua geração, nós guardamos silêncio. Eu não ousara contar a Marthe o motivo do piquenique. Pensava nas feições decompostas da sra. Marin, com os olhos nos ponteiros do relógio, e na impaciência de seus convivas. Finalmente, por volta das sete os casais se retiraram de mãos vazias, xingando os anfitriões em voz baixa de impostores e o pobre sr. Marin, um homem de setenta anos, de arrivista. Esse futuro conselheiro prometia mundos e fundos, não esperando sequer ser eleito para faltar às promessas. No tocante à sra. Marin, as damas viram em sua recepção uma maneira vantajosa de abastecer-se de sobremesa. O prefeito, sendo uma personalidade, aparecera apenas alguns minutos. Esses minutos e os oito litros de leite bastaram para produzir os rumores de que ele estava nos melhores termos com a filha dos Marin, professora da escola local. O casamento da srta. Marin fora motivo de escândalo algum tempo antes, parecendo pouco digno de uma professora casar-se com um guarda municipal.

Levei a malícia ao ponto de fazê-los ouvir o que desejariam que os demais tivessem ouvido. Marthe surpreendeu-se com esse ardor tardio. Não podendo mais me conter, e com risco de magoá-la, contei-lhe o objetivo da festa. Rimos juntos até às lágrimas.

A sra. Marin, quem sabe indulgente se eu houvesse obedecido a seus planos, não nos perdoou o fracasso. Ele fez com que nos odiasse. Mas era incapaz de satisfazer seu ódio, já sem outros meios, e sem ousar recorrer a cartas anônimas.

Estávamos no mês de maio. Eu encontrava Marthe com menos frequência em sua casa, e só dormia lá quando podia inventar alguma mentira para meus pais, de modo a permanecer de manhã. Fazia-o uma ou duas vezes por semana. O permanente êxito de minha mentira me surpreendia. Na realidade, meu pai não acreditava em mim. Fechava os olhos com louca indulgência, com a única condição de que nem meus irmãos nem os domésticos descobrissem. Bastava então dizer que partiria às cinco horas da manhã, como no dia do passeio à floresta de Sénart. Mas minha mãe não preparava nenhum cesto.

Meu pai tudo tolerava, e logo em seguida revoltava-se, censurando minha ociosidade. Essas cenas se desencadeavam e se acalmavam rapidamente, como ondas.

Nada absorve mais que o amor. Não somos ociosos pelo fato de nada fazer quando apaixonados. O amor sente confusamente que seu único derivativo real é o trabalho. Daí olhá-lo como um rival. E ele não tolera rivais. Mas o amor é ócio benfazejo, como a chuvinha suave que fecunda a terra.

Se a juventude é tola, é por não ter sido ociosa. O que debilita nossos sistemas educacionais é que se dirigem aos medíocres, devido ao número. Para um espírito em crescimento, o ócio não existe. Nunca aprendi tanto como naqueles longos dias que para um observador pareceriam vazios, quando observava meu coração noviço como um novo-rico observa seus modos à mesa.

Quando eu não dormia em casa de Marthe, ou seja, quase todos os dias, nós passeávamos ao longo do Marne depois do jantar, até às onze horas. Eu desatava a canoa de meu pai. Marthe remava; deitado, eu apoiava a cabeça em seus joelhos. Tolhia seus movimentos. Súbito, o cabo de um remo, tocando em minha cabeça, vinha me lembrar que aquele passeio não duraria a vida inteira.

O amor procura partilhar sua beatitude. Assim, uma amante de natureza fria torna-se meiga, beija-nos o pescoço e inventa mil provocações, se estamos escrevendo uma carta. Eu nunca tinha tanta vontade de beijar Marthe como quando uma tarefa a distraía de mim; tanto desejo de tocar em seus cabelos, despenteá-la, como ao vê-la pentear-se. Na canoa, eu me precipitava sobre ela, cumulando-a de beijos, para que largasse os remos e a canoa derivasse, prisioneira dos juncos e dos nenúfares brancos e amarelos. Nisso ela via signos de uma paixão incontrolável, quando me impelia sobretudo o capricho de perturbar, tão intenso. Depois, amarrávamos a canoa atrás de algumas moitas altas. O medo de nos verem ou de a canoa virar fazia nossos embates mil vezes mais voluptuosos.

Daí eu não me queixar absolutamente da hostilidade dos proprietários, que tanto dificultava minha presença na casa de Marthe.

Minha pretensa ideia fixa de possuí-la como Jacques não fora capaz de possuir, de beijar um canto de sua pele depois de fazê-la jurar que jamais outros lábios haviam-no tocado, não passava de libertinagem. Mas será que o admitia? Todo amor comporta sua juventude, maturidade e velhice. Talvez eu estivesse neste último estágio, em que o amor já não se satisfaz sem certos requintes. Pois, embora minha volúpia se apoiasse no hábito, nutria-se dessas infinitas ninharias, dessas ligeiras correções impostas ao hábito. Do mesmo modo, não é do aumento da dose, que poderia logo tornar-se mortal, que um toxicômano obtém o êxtase, mas sobretudo do ritmo que inventa, variando o horário ou utilizando truques para ludibriar o organismo.

Eu amava tanto aquela margem esquerda do Marne que frequentava a outra, tão diferente, a fim de contemplar a que amava. A margem direita é menos suave, destinada aos camponeses e horticultores, enquanto a minha pertence aos indolentes. Nós atávamos a canoa a uma árvore e íamos nos estender no meio do trigo. O campo ondulava sob a brisa do anoitecer. Nosso egoísmo, escondido, esquecia o prejuízo, sacrificando o trigo ao conforto de nosso amor, como nós sacrificávamos Jacques.

Um aroma de algo provisório me excitava os sentidos. O fato de ter conhecido prazeres mais selvagens, mais próximos dos que experimentamos sem amor com uma qualquer, tornava os demais insípidos.

Eu começava a apreciar o sono casto e livre, o bem-estar de sentir-se só entre lençóis frescos. Alegava razões de prudência para não passar as noites com Marthe. Ela admirava minha fortaleza de caráter. Eu temia também a irritação causada por certa voz angelical das mulheres ao despertar, que, atrizes natas que são, parecem retornar do outro mundo a cada manhã.

Eu me censurava minhas críticas e simulações, passando dias a me perguntar se amava Marthe mais ou menos do que antes. Meu amor tudo sofisticava. Assim como traduzia erroneamente as frases de Marthe, pensando lhes dar um sentido mais profundo, eu interpretava seus silêncios. Estive sempre errado? Um certo abalo, que não se pode descrever, sempre nos adverte ao tocarmos o ponto. Minhas alegrias e angústias eram mais fortes. Deitado a seu lado, o desejo que de um instante a outro me invadia, de estar deitado só em minha casa, me fazia pressentir como seria insuportável uma vida a dois. Por outro lado, não podia imaginar viver sem Marthe. Eu começava a conhecer o castigo do adultério.

Tinha rancor a Marthe por haver consentido, antes

de nosso amor, mobiliar a casa de Jacques a meu gosto. Aqueles móveis tornaram-se odiosos para mim, visto que não os escolhera para meu agrado, mas para desagradar Jacques. Eu me aborrecia com eles, sem justificativa, no entanto. Lamentava não ter deixado Marthe escolher os móveis sozinha. Certamente me desagradariam no início, mas que delicioso, depois, habituar-me a eles por amor a Marthe. Eu tinha ciúmes porque o benefício desse hábito coube a Jacques.

Marthe me olhou com olhos grandes e ingênuos, quando lhe disse amargamente: "Espero que nos desfaçamos desses móveis, quando vivermos juntos". Ela respeitava cada palavra minha. Acreditando que eu me esquecera que os móveis eram de minha escolha, ela não ousava me recordar isso. Lamentava-se interiormente de minha má memória.

Nos primeiros dias de junho, Marthe recebeu uma carta de Jacques em que, enfim, ele lhe falava de outro assunto que não seu amor. Ele estava doente. Seria evacuado para o hospital de Bourges. Eu não me alegrava por sabê-lo doente, mas o fato de ter algo a dizer me aliviava. Como iria passar por J..., no dia seguinte ou no outro, ele pedia a Marthe que espiasse seu trem da estação. Marthe mostrou-me a carta. Esperava uma ordem.

O amor lhe dava uma natureza de escrava. Em face de uma servidão tão completa, eu encontrava dificuldade em ordenar ou proibir. Para mim, meu silêncio queria dizer que eu consentia. Podia impedi-la de ver o marido durante alguns segundos? Ela guardou o mesmo silêncio. Logo, por uma espécie de convenção tácita, eu não iria no dia seguinte.

Dois dias depois, pela manhã, um estafeta apareceu-me em casa com uma mensagem exclusiva para mim. Era de Marthe. Esperava-me à beira do rio. Implorava-me que fosse, se ainda tinha amor a ela.

Corri até o local onde Marthe me esperava. Seu bom-dia, tão diferente do tom da carta, me gelou. Vi seu coração mudado.

Ela simplesmente tomara meu silêncio da antevéspera como um silêncio hostil. Não imaginara nenhuma convenção tácita. Horas de angústia haviam sido acompanhadas pela dor de me ver com vida, visto que só a morte poderia ter-me impedido de ir na véspera. Meu estupor era incapaz de fingimento. Expliquei-lhe minha reserva, meu respeito por seus deveres para com o marido doente. Mal me acreditou. Eu me irritava. Quase lhe dizia: "Ao menos uma vez que eu não minto...". Nós choramos.

Mas essas confusas partidas de xadrez são intermináveis, cansativas, se um dos dois não dá bom termo à coisa. Em suma, a atitude de Marthe em relação a Jacques não era lisonjeira. Eu a beijei, eu a confortei. "O silêncio não nos cai bem", disse eu. Prometemo-nos nunca esconder nossos pensamentos íntimos, e eu a deplorava um pouco por acreditar isso possível.

Em J..., Jacques procurara por Marthe, e depois, quando o trem passava diante de sua casa, vira as venezianas abertas. Implorava na carta que Marthe o tranquilizasse. Pedia-lhe que fosse a Bourges. "Você deve ir", disse-lhe eu, de um modo que essa simples frase não contivesse nenhuma censura.

— Irei se você me acompanhar — foi sua resposta.

Era levar longe demais a inconsciência. Mas aquilo que exprimiam de amor suas palavras e atos mais chocantes me levava rapidamente da cólera à gratidão. Eu me revoltei, e em seguida me acalmei. Falei-lhe docemente, tocado por sua ingenuidade. Tratei-a como uma criança que deseja a lua.

Mostrei-lhe como seria imoral ela se fazer acompanhar por mim. O fato de minha resposta não ser tempestuosa, como a de um amante ultrajado, fez com que seu efeito aumentasse. Pela primeira vez ela me ouvia pronunciar a palavra "moral". Essa palavra caiu às maravilhas, pois, sendo de natureza tão pouco maldosa, ela devia ter, como eu, crises de dúvida quanto à moralidade de nosso amor. Sem essa palavra, ela poderia me crer amoral, pois era muito burguesa, não obstante sua revolta contra os excelentes preconceitos burgueses. Mas, ao contrário, se pela primeira vez eu a colocava em guarda, isso era uma prova de que até então eu achava que nada de errado havíamos feito.

Marthe lamentava essa espécie de viagem de núpcias escabrosa. Compreendia agora o que havia de impossível nela.

— Ao menos me permita não ir — disse.

Esta palavra "moral" pronunciada de passagem me instituía seu diretor de consciência. Eu a usava como esses déspotas que se embriagam do poder recém-conquistado. O poder só se revela se usado com injustiça. Respondi então que não via crime nenhum em que ela não fosse a Bourges. Soube lhe encontrar motivos que a convenceram: cansaço da viagem, convalescença próxima de Jacques. Esses motivos a inocentavam, se não aos olhos de Jacques, ao menos ante a família dele.

À força de orientar Marthe no sentido que me convinha, eu a moldava pouco a pouco à minha imagem. Disso acusava a mim mesmo, e de destruir conscientemente nossa felicidade. Que ela se assemelhasse a mim, e que isso fosse obra minha, me deliciava e me irritava. Via nisso uma causa de nossa harmonia. Discernia também a raiz de futuros desastres. Eu lhe comunicara pouco a pouco minha incerteza, o que, no dia das decisões, a impediria de tomá-las. Eu sentia que ela estava como eu, com as mãos frouxas, esperando que a maré poupasse o castelo de areia, enquanto as outras crianças se apressavam em construir mais acima.

Ocorre que essa semelhança moral transborda para o plano físico. O andar, o olhar: várias vezes, desconhecidos nos tomaram por irmão e irmã. É que em todos nós existem germes de semelhança, que o amor desenvolve. Um gesto, uma inflexão de voz cedo ou tarde traem os amantes mais prudentes.

É preciso admitir que, se o coração tem razões que a razão desconhece, é porque a razão é menos razoável que o nosso coração. Sem dúvida somos todos Narcisos, amando e detestando a própria imagem, e a quem qualquer outra é indiferente. É esse instinto de semelhança que nos conduz na vida, exclamando "alto!" diante de uma paisagem, uma mulher, um poema. Podemos admirar outras paisagens e mulheres e outros poemas, sem sentir o mesmo abalo. O instinto de semelhança é a única linha de conduta não artificial. Mas na sociedade só os espíritos grosseiros parecerão não pecar contra a moral, ao perseguir sempre o mesmo tipo. Assim, certos homens desejam obstinadamente as louras, ignorando que com frequência as semelhanças mais profundas são as mais secretas.

Há alguns dias Marthe parecia ausente, mas sem tristeza. Ausente, e com tristeza, eu atribuiria sua inquietação à aproximação do dia 15 de julho, quando teria de reunir-se à família de Jacques, e ao próprio Jacques convalescente, numa praia do canal da Mancha. Por sua vez, Marthe se calava, sobressaltando-se ao ruído de minha voz. Ela suportava o insuportável: visitas de família, remoques do pai, que lhe supunha um amante sem no entanto acreditá-lo.

Por que ela suportava tudo isso? Seria o resultado de minhas palavras repreendendo-lhe por atribuir demasiada importância às coisas, preocupando-se com bobagens? Ela parecia feliz, mas de uma felicidade singular, que a embaraçava e que me era desagradável, por não compartilhá-la. Eu, que achava pueril o fato de Marthe ver em meu mutismo uma prova de indiferença, eu, por minha vez, acusava-a de não mais me amar, por vê-la calada.

Marthe não ousava me dizer que estava grávida.

Eu desejaria parecer feliz com a notícia, mas de início ela me assombrou. Nunca me passara pela cabeça que eu pudesse tornar-me responsável pelo que quer que fosse, e agora era-o do pior. Enfurecia-me também por não ser homem bastante para achar a coisa simples. Marthe falara constrangida. Temia que aquele instante, que deveria nos unir, nos separasse. Afetei alegria, tão bem que seus temores se dissiparam. Ela conservava traços profundos da moral burguesa, e a criança para ela significava que Deus recompensaria nosso amor, que não punia nenhum crime.

Agora que Marthe encontrava em sua gravidez uma razão para que eu nunca a deixasse, essa gravidez me consternava. Em nossa idade, parecia-me impossível, injusto, que tivéssemos um filho que estorvaria nossa juventude. Pela primeira vez, entregava-me a preocupações de ordem material: seríamos abandonados por nossas famílias.

Amando já esse filho, era por amor que o repelia. Não me queria responsável por sua existência dramática. Teria sido eu mesmo incapaz de vivê-la.

O instinto é nosso guia; um guia que nos conduz à nossa perda. Ontem, Marthe receava que sua gravidez nos distanciasse um do outro. Hoje, quando nunca me amara tanto, acreditava que meu amor crescia como o seu. Eu, que ontem rejeitava a criança, hoje começava a amá-la e subtraía amor a Marthe, como no começo de nossa aventura meu coração lhe dava o que retirava aos outros.

Agora, ao colocar a boca sobre o ventre de Marthe, não era ela que eu beijava, mas meu filho. Pobre de mim! Marthe não era mais minha amante, mas uma mãe.

Eu não mais agia como se estivéssemos sós. Havia sempre uma testemunha junto a nós, a quem deveríamos prestar contas de nossos atos. Era-me difícil perdoar essa brusca mudança pela qual culpava apenas Marthe; e, no entanto, sentia que a teria perdoado ainda menos se ela tivesse mentido. Em certos instantes eu pensava que Marthe mentia para fazer durar um pouco mais nosso amor, e que seu filho não era meu.

Como um doente procurando repouso, eu não sabia para que lado me virar. Sentia que já não amava a mesma Marthe, e que meu filho só poderia ser feliz acreditando-se filho de Jacques. É claro, esse subterfúgio me consternava. Seria preciso renunciar a Marthe. De outro lado, por mais que me considerasse um homem, a situação atual era grave demais para que me envaidecesse a ponto de crer possível uma tão louca (eu pensava: tão sábia) existência.

Enfim Jacques estaria de volta. Após esse período extraordinário, ele encontraria, como tantos soldados enganados por força de circunstâncias excepcionais, uma esposa dócil e triste, na qual nada revelaria a má conduta. Mas essa criança não poderia se explicar a seu marido, a menos que ela suportasse seu contato nas férias. Minha baixeza suplicou-lhe que o fizesse.

De todas as nossas cenas, essa não foi nem a menos estranha nem a menos penosa. De resto, espantei-me por encontrar tão pouca resistência. Tive a explicação mais tarde. Marthe não ousava confessar uma vitória de Jacques em sua última licença, e, fingindo me obedecer, pretendia negar-se a ele em Granville, pretextando mal-estar devido à gravidez. Tudo isso era complicado pelas datas, cuja falsa coincidência, quando do parto, não deixaria dúvidas a ninguém. "Ora!", dizia a mim mesmo, "temos tempo pela frente. Os pais de Marthe a levarão para o campo e retardarão a notícia."

A data da partida de Marthe se aproximava. Eu só poderia me beneficiar dessa ausência. Seria um teste. Eu esperava curar-me de Marthe. Se não o conseguisse, se meu amor estivesse muito verde para se destacar de si mesmo, sabia que tornaria a encontrá-la fiel como sempre.

Ela partiu a 12 de julho, às sete da manhã. Passei a noite anterior em J... No caminho de ida, eu me prometia não fechar o olho durante toda a noite. Faria tal provisão de carícias que não teria mais necessidade de Marthe pelo resto de meus dias.

Um quarto de hora após haver me deitado eu dormia.

Geralmente a presença de Marthe perturbava meu sono. Pela primeira vez, eu dormia tão bem a seu lado como se estivesse sozinho.

Quando acordei, ela já estava de pé. Não ousara me acordar. Não me restava mais que uma meia hora antes da saída do trem. Fiquei furioso por perder dormindo as últimas horas que passávamos juntos. Ela também chorava por causa da partida. No entanto, eu teria gostado de empregar nossos últimos minutos em outra coisa que não vertendo lágrimas.

Marthe deixou-me a chave da casa, pedindo-me para ir lá, pensar em nós e escrever-lhe em sua mesa.

Eu havia jurado a mim mesmo não acompanhá-la até Paris. Mas não podia vencer meu desejo por seus lábios, e, como desejava covardemente amá-la menos, atribuía esse desejo à partida, a essa "última vez", tão falsa, pois eu sentia muito bem que não haveria última vez sem que ela o quisesse.

Na estação de Montparnasse, onde deveria reunir-se aos sogros, eu a beijei abertamente. Mais uma vez encontrei minha desculpa no fato de que, a família de Jacques aparecendo, uma cena decisiva se produziria.

De volta a F..., acostumado a viver apenas à espera da hora de visitar Marthe, procurei me distrair. Jardinava, tentava ler, brincava de esconder com minhas irmãs, o que não fazia havia anos. À noite, para não despertar suspeitas, era preciso sair a passeio. Habitualmente, minha caminhada até o Marne era ligeira. Naquela noite eu me arrastava no caminho, os pedregulhos me deslocavam o pé e precipitavam minhas batidas de coração. Estendido na barca, eu desejava a morte pela primeira vez. Mas, tão incapaz de morrer quanto de viver, contava com um assassino caridoso. Lamentava que não se pudesse morrer de tédio ou de tormentos. Pouco a pouco, minha cabeça se esvaziava, com um ruído de banheira. Uma última sucção, mais longa, e a cabeça está vazia. Adormeci.

O frio de uma aurora de julho me despertou. Voltei para casa, transido. Portas e janelas abertas. No vestíbulo fui duramente recebido por meu pai. Minha mãe passara mal durante a noite, e a criada fora me acordar para que chamasse o médico. Minha ausência era, portanto, oficial.

Suportei a cena admirando a delicadeza instintiva do juiz bondoso que, entre mil ações de aparência condenável, escolhe a única inocente para permitir ao criminoso que se justifique. Não me justifiquei, aliás; era muito difícil. Deixei meu pai acreditar que eu voltava de J..., e, quando ele me proibiu de sair após o jantar, eu agradeci interiormente por atuar mais uma vez como meu cúmplice e me fornecer uma desculpa para não vadiar sozinho pelas ruas.

Eu esperava pelo correio. Era minha vida. Eu era incapaz do mínimo esforço para esquecer.

Marthe me dera um corta-papel, exigindo que só me servisse dele para abrir suas cartas. Mas como poderia usá-lo? Tinha muita pressa. Rasgava os envelopes. A cada vez, envergonhado, eu me prometia conservar a carta intacta durante quinze minutos. Por esse método eu esperava, com o tempo, poder recuperar o controle de mim mesmo, guardar as cartas fechadas em meu bolso. Sempre adiava para o dia seguinte.

Um dia, irritado com minha fraqueza, e num repente de raiva, fiz uma carta em pedaços antes de lê-la. Assim que eles se dispersaram sobre o jardim, precipitei-me de quatro para apanhá-los. A carta continha uma fotografia de Marthe. Eu, tão supersticioso, que dotava os fatos mais insignificantes de um sentido trágico, eu havia despedaçado aquele rosto. Vi nisso uma advertência do céu. Meus transes só se acalmaram depois que passei quatro horas remendando a carta e o retrato. Eu nunca me empenhara tanto num trabalho. O medo de que algo ruim acontecesse a Marthe me sustentou nessa tarefa absurda que me embaraçava a vista e os nervos.

Um especialista recomendara banhos de mar para Marthe. Admitindo minha própria malvadez, eu os proibi, pois não queria que outros homens olhassem seu corpo.

De resto, uma vez que Marthe, de qualquer modo, passaria um mês em Granville, eu me felicitava pela presença de Jacques. Eu me lembrava de sua fotografia vestido de branco, que Marthe me mostrara no dia dos móveis. Nada me atemorizava mais que homens jovens na praia. Tinha certeza de que eram mais belos, mais fortes e mais elegantes do que eu.

Seu marido a protegeria deles.

Em certos momentos de ternura, como um bêbado que abraça o mundo, eu sonhava em escrever a Jacques, confessar que era o amante de Marthe e, valendo-me desse título, recomendá-la a seus cuidados. Por vezes invejava Marthe, adorada pelos dois. Não deveríamos procurar fazer sua felicidade juntos? Nessas crises, eu me sentia o amante complacente. Desejava conhecer Jacques, explicar-lhe como são as coisas, por que não deveríamos ter ciúmes um do outro. Em seguida, o ódio modificava subitamente esse suave declive.

Em cada carta Marthe me pedia que fosse à sua casa. Sua insistência me lembrava uma tia muito devota, que me censurava por nunca visitar o túmulo de minha avó. Não tenho gosto por peregrinações. Esses deveres tediosos localizam o amor e a morte.

Não podemos pensar numa pessoa morta, ou na amante ausente, em outros lugares que não um cemitério ou determinado quarto? Eu não procurava explicar, e dizia a Marthe que frequentava sua casa; do mesmo modo, dizia a minha tia que já fora ao cemitério. No entanto, eu terminaria indo à casa de Marthe; mas em circunstâncias singulares.

Um dia, no trem, encontrei a garota sueca a quem os correspondentes haviam proibido ver Marthe. Meu isolamento me fez achar graça no comportamento infantil daquela jovem criatura. Sugeri que viesse lanchar às escondidas em J..., no dia seguinte. Escondi a ausência de Marthe, para que não se amedrontasse, e cheguei mesmo a dizer que ela ficaria muito feliz em revê-la. Asseguro que não sabia ao certo o que pretendia fazer. Agia como as crianças que, ao fazer amizade, procuram surpreender uma à outra. Eu não resistia à ideia do espanto ou ódio que apareceria no rostinho de anjo de Svea, quando tivesse de revelar a ausência de Marthe.

Sim, tratava-se sem dúvida desse prazer pueril em

causar assombro, pois eu não encontrava nada de surpreendente a lhe dizer, enquanto ela se beneficiava de uma espécie de exotismo que me surpreendia a cada frase. Nada mais delicioso que essa súbita intimidade entre duas pessoas que mal se entendem. Ela levava no pescoço uma pequena cruz de ouro esmaltada em azul, sobre um vestido bem feio que eu reinventava mentalmente a meu gosto. Uma verdadeira boneca viva. Eu sentia crescer meu desejo de renovar esse encontro em outro lugar que não um vagão de trem.

O que estragava um pouco seu ar de noviça era o jeito de aluna de um curso de secretariado, onde aliás ela estudava, sem grande proveito, francês e datilografia. Mostrou-me seus exercícios à máquina. Cada letra era um erro, corrigido à margem pelo professor. De uma bolsa horrível, evidentemente obra sua, ela extraiu um estojo de cigarros ornamentado com uma insígnia de conde. Ofereceu-me um cigarro. Não fumava, mas carregava sempre o estojo, porque suas amigas fumavam. Falou-me de costumes suecos que eu fingia conhecer: noite de São João, confeitos de uva-do-monte. Em seguida tirou da bolsa uma fotografia da irmã gêmea, recebida da Suécia no dia anterior: a cavalo, nua em pelo, com um chapéu alto de formato antigo. Fiquei rubro. A irmã se parecia tanto com ela que eu suspeitei de que zombava de mim, mostrando a própria imagem. Mordi meus lábios, para acalmar sua ânsia de beijar aquela ingênua traquinas. Eu devia ter uma expressão bem bestial, pois a vi amedrontada, procurando com os olhos o sinal de alarme.

No dia seguinte, ela chegou à casa de Marthe às quatro horas. Disse-lhe que Marthe estava em Paris mas logo estaria de volta. "Ela me proibiu de deixar você partir antes que voltasse", acrescentei. Pensava em só lhe confessar meu estratagema quando fosse tarde demais.

Felizmente ela era gulosa. A gulodice em mim assumia uma forma inédita. Eu não tinha apetite para a torta e o sorvete de framboesa, mas desejava ser a torta e o sorvete que ela aproximava da boca. Com a minha boca, eu fazia caretas involuntárias.

Não era por vício que eu cobiçava Svea, mas por gulodice. Suas bochechas me bastariam, na falta dos lábios.

Eu falava pronunciando cada sílaba, para que ela compreendesse bem. Excitado por essa divertida refeição, eu, pouco falador, me enervava por não poder falar depressa. Sentia necessidade de conversa, de confidências infantis. Aproximava meu ouvido de sua boca e bebia suas pequeninas palavras.

Eu a obrigara a tomar um licor. Depois tive pena dela, como de um pássaro que embebedamos.

Eu esperava que sua embriaguez servisse a meus objetivos, pouco me importando que ela me desse seus lábios de boa vontade ou não. Eu refletia sobre a inconveniência dessa cena na casa de Marthe, mas dizia a mim mesmo que nosso amor, afinal de contas, permaneceria intacto. Eu desejava Svea como um fruto, do qual uma amante não pode ter ciúmes.

Eu segurava sua mão nas minhas, que me pareceram grosseiras. Eu queria despi-la, acalentá-la. Ela se estendeu no sofá. Eu me levantei, inclinando-me para beijá-la onde seus cabelos nasciam, ainda penugem. Seu silêncio não me levou a concluir que meus beijos lhe agradassem. Mas, incapaz de se indignar, ela não encontrava nenhuma maneira polida de me repelir em francês. Eu mordiscava suas bochechas, esperando que delas saísse um sumo adocicado, como se fossem pêssegos.

Finalmente beijei sua boca. Ela suportava minhas carícias, vítima paciente, fechando a boca e os olhos. Seu único gesto de recusa consistia em mover tenuemente a cabeça de um lado para outro. Eu não me enganava, mas minha boca via nisso a ilusão de uma resposta. Eu insistia junto a ela como nunca fizera com Marthe. Essa resistência que não era resistência incitava minha audácia e minha indolência. Eu era bastante ingênuo para crer que o resto viria naturalmente, e que eu me beneficiaria de um estupro fácil.

Eu nunca havia despido uma mulher; antes fora despido por elas. Por isso fui desajeitado, começando por tirar as meias e os sapatos. Beijei seus pés e pernas. Mas, quando quis desatar seu corpete, Svea se debateu como um diabinho que não quer ir para a cama e tem que ser despido à força. Ela me golpeava com os pés. Eu os agarrava no ar e, prendendo-os firmemente, beijava-os. Por fim veio a saciedade, assim como termina a gulodice depois de muitos cremes e doces. Tive de lhe revelar minha artimanha, e que Marthe estava viajando. Fiz-lhe prometer, caso encontrasse Marthe, nunca lhe contar nossa entrevista. Não disse abertamente ser amante de Marthe, mas deixei subentendido. O gosto do mistério a fez responder "até amanhã" quando, já farto dela, perguntei-lhe por polidez se tornaríamos a nos ver.

Não voltei à casa de Marthe. E talvez Svea não tenha batido na porta fechada. Eu sabia como minha conduta era condenável pela moral vigente. Pois foram sem dúvida as circunstâncias que fizeram Svea parecer tão preciosa. Eu a teria desejado em outro lugar além do quarto de Marthe?

Mas eu não sentia remorsos. E não foi pensando em Marthe que eu larguei a pequena sueca, mas porque já lhe havia tirado todo o sumo.

Alguns dias depois recebi carta de Marthe. Incluía outra, do proprietário da casa, dizendo que esta não era local de encontros, falando do uso que eu fazia da chave do apartamento, onde levara uma mulher. "Tenho uma prova de sua traição", dizia Marthe. Nunca mais me veria. Sofreria, sem dúvida, mas antes sofrer do que ser enganada.

Essas ameaças eram anódinas, eu o sabia, e bastaria uma mentira, ou mesmo a verdade, se necessário, para acabar com elas. O que me irritava era que numa carta de rompimento Marthe não falasse em suicídio. Acusei-a interiormente de frieza. Achei sua carta indigna de uma resposta. Pois numa situação análoga, sem pensar em suicídio, eu acreditaria ser meu dever ameaçar cometê-lo. Traço indelével da idade e da escola: considerava certas mentiras uma exigência do código passional.

Uma nova tarefa se apresentava, em meu aprendizado do amor: inocentar-me diante de Marthe e acusá-la de ter menos confiança em mim do que no proprietário. Fiz-lhe ver como era hábil essa manobra da panelinha dos Marin. Realmente, Svea viera visitá-la numa tarde em que eu lhe escrevia, e se eu abrira a porta fora porque, avistando a garota da janela, e sabendo que separavam as duas, não quis deixá-la pensar que Marthe a culpava daquela penosa separação. Sem dúvida ela viera às escondidas, e ao preço de dificuldades sem conta.

Agora podia anunciar a Marthe que a afeição de Svea permanecia intacta. E terminava exprimindo o conforto que havia sido poder falar de Marthe, em casa dela, com sua amiga mais íntima.

Esse alerta me fez amaldiçoar o amor, que nos obriga a prestar contas de nossos atos, quando eu adoraria nunca prestá-las, nem a mim nem aos outros.

No entanto, pensava, o amor deve oferecer grandes vantagens, para que todos depositem a liberdade em suas mãos. Eu desejava ser logo bastante forte para poder passar sem o amor, não precisando assim sacrificar nenhum de meus desejos. Eu ignorava que, servidão por servidão, mais vale ser vassalo do coração que ser escravo dos sentidos.

* * *

    Assim como a abelha enriquece a colmeia com sua coleta, o namorado enriquece seu amor com os desejos que o assaltam na rua. Sua amante se beneficia disso. Eu não havia ainda descoberto essa disciplina que dota as naturezas infiéis de fidelidade. Se um homem deseja uma garota e transfere esse calor para a mulher que ama, seu desejo, mais vivo porque insatisfeito, levará essa mulher a crer que nunca foi mais amada. Ela é enganada, mas a moral, segundo as pessoas, está salva. Com tais suposições começa a libertinagem. Logo, não condenemos apressadamente certos homens capazes de enganar sua amante no auge de seu amor; não os acusemos de frivolidade. Eles abominam tal subterfúgio, e nem sequer sonham em confundir sua felicidade com seus prazeres.

    Marthe esperava que eu me justificasse. Suplicou-me que perdoasse suas recriminações. Eu o fiz, não sem alguma cerimônia. Ela escreveu ao proprietário, pedindo-lhe ironicamente que me permitisse abrir a porta a uma de suas amigas em sua ausência.

Quando Marthe retornou, na última semana de agosto, não ficou em J..., mas na casa de seus pais, que então prolongavam as férias. Este novo cenário, onde Marthe havia sempre morado, me serviu de afrodisíaco. A fadiga dos sentidos, o desejo secreto de dormir sozinho desapareceram. Eu não passava uma única noite em casa. Eu incandescia, apressava-me, como as pessoas que vão morrer jovens e procuram viver duas vidas em uma. Eu queria me aproveitar de Marthe enquanto a maternidade não a estragava.

O quarto de moça onde ela recusara a presença de Jacques era agora nosso quarto. Logo acima da cama estreita havia uma foto sua na primeira comunhão, e eu adorava quando meus olhos a encontravam. Eu a fazia olhar fixamente outra imagem sua, ainda bebê, para que nosso filho se assemelhasse a ela. Rodava deliciado pela casa que a vira crescer e desabrochar. Num quarto que servia de depósito toquei em seu berço, que pensava em utilizar ainda, e fiz com que me mostrasse suas roupinhas de criança, relíquias da família Grangier.

Eu não sentia falta do apartamento de J..., onde os móveis não tinham o encanto da mais feia mobília de casa de família. Eles nada me diziam. Ali, pelo contrário, falavam-me de Marthe todos os móveis em que ela tropeçara quando pequena. E depois vivíamos sós, sem proprietário e sem conselheiro municipal. E despreocupados como selvagens, passeando nus no jardim, verdadeira ilha deserta. Deitávamos sobre a relva, lanchávamos sob um caramanchão de aristolóquias, madressilvas e heras. Boca a boca, disputávamos as ameixas que eu colhia, bem machucadas e mornas do sol. Meu pai nunca obtivera que eu cuidasse de nosso jardim com meus irmãos, mas do jardim de Marthe eu me ocupava. Revolvia a terra e retirava as ervas daninhas. Ao fim de um dia quente e cheio, eu sentia o mesmo orgulho de homem, tão embriagante ao estancar a sede da terra quanto ao satisfazer o desejo de uma mulher. Sempre achara a benevolência um pouco tola; agora compreendia sua força. As flores desabrochavam graças a meus cuidados, e as galinhas dormiam à sombra depois de comer o grão que eu lhes jogava. Benevolência? — Egoísmo! Flores mortas e galinhas magras entristeceriam nossa ilha do amor. A água e os grãos fornecidos por mim eram para mim mesmo, mais que para as flores e as galinhas.

Nesse reverdecer do coração, eu esquecia ou desdenhava minhas descobertas recentes. Eu via a libertinagem provocada pelo ambiente familiar como o fim da libertinagem. Assim, os últimos dias de agosto e o mês de setembro foram meu único período de verdadeira felicidade. Eu não blefava, não me feria nem feria Marthe. Não enxergava mais obstáculos. Aos dezesseis anos, aguardava um modo de vida que desejamos na idade madura. Viveríamos no campo; lá seríamos eternamente jovens.

Estendido ao lado de Marthe na relva, acariciando seu rosto com um talo de grama, eu explicava, séria e pausadamente, como seria nossa vida. Marthe, desde a sua volta, procurava um apartamento para nós em Paris. Seus olhos ficaram úmidos quando lhe disse que queria viver no campo: "Eu não teria coragem de lhe propor.

Pensava que você se aborreceria sozinho comigo, que sentiria falta da cidade". "Como você me conhece mal!", respondi. Eu gostaria de morar perto de Mandres, onde fôramos passear um dia, e onde se cultivam rosas. Depois, quando, tendo jantado em Paris, tomamos o último trem, aconteceu-me sentir o cheiro dessas rosas. No pátio da estação, descarregavam imensas caixas perfumadas. Durante toda a minha infância eu ouvira falar daquele misterioso trem das rosas, que passava numa hora em que as crianças dormiam.

Marthe falou: "As rosas têm apenas uma estação. Você não tem medo de achar Mandres feia, depois? Não seria melhor escolher um lugar menos bonito, e mais constante em sua beleza?".

Nisso eu me reconhecia. O desejo de desfrutar as rosas por dois meses me fazia esquecer os outros dez, e o fato de escolher Mandres era mais uma prova da natureza efêmera de nosso amor.

Frequentemente eu não jantava em F..., com o pretexto de convites ou passeios, e permanecia com Marthe.

Uma tarde, encontrei junto a ela um rapaz com uniforme de aviador. Era seu primo. Eu a cumprimentei formalmente, mas ela se levantou e veio me beijar. Seu primo sorriu de meu embaraço. "Com Paul não há nada a temer, querido. Já lhe contei tudo." Eu estava embaraçado, mas também encantado por ela revelar ao primo que me amava. Esse rapaz, charmoso e superficial, a quem só interessava que o uniforme estivesse em ordem, pareceu deliciado com nosso amor. Via nisso uma boa peça pregada em Jacques, a quem desprezava por não pilotar aviões e não frequentar bares.

Paul evocava todos os jogos de infância de que o jardim fora o teatro. Eu o interrogava, fascinado por essa conversa que me mostrava Marthe sob um ângulo novo.

Ao mesmo tempo, sentia alguma tristeza. Pois eu estava muito próximo da infância para esquecer seus jogos desconhecidos dos pais, seja porque os adultos não lhes guardam memória, seja porque os veem como um mal inevitável. Eu tinha ciúmes do passado de Marthe.

Ao contarmos a Paul, rindo, a raiva do proprietário e a festa dos Marin, ele nos ofereceu, contagiado pela animação, seu apartamento de solteiro em Paris.

Observei que Marthe não ousava lhe contar que tínhamos planos de viver juntos. Sentia-se que ele encorajava nosso amor enquanto divertimento, mas que uivaria com os lobos caso houvesse um escândalo.

Marthe levantou-se da mesa para nos servir. As domésticas haviam acompanhado a sra. Grangier, pois, prudente como sempre, Marthe pretendia gostar de viver como Robinson Crusoé. Seus pais, achando a filha uma romântica, e que os românticos, como os lunáticos, não devem ser contrariados, deixavam-na em paz.

Ficamos um bom tempo na mesa. Paul abria as melhores garrafas. Nós estávamos alegres, com uma alegria que certamente lamentaríamos mais tarde, pois Paul se comportava como o confidente de um adultério qualquer. Caçoava de Jacques. Se eu guardasse silêncio, corria o risco de fazê-lo perceber sua falta de tato; preferia me juntar à brincadeira do que humilhar esse primo fácil.

Quando olhamos a hora, o último trem para Paris já passara. Marthe ofereceu um leito, que Paul aceitou. Olhei Marthe de um modo que a fez acrescentar: "Claro, querido, você fica também". Tive a ilusão de que estava em minha casa, casado com Marthe, hospedando um primo de minha esposa, quando, à entrada de nosso quarto, Paul nos desejou boa-noite e beijou o rosto da prima da maneira mais natural do mundo.

No fim de setembro, senti perfeitamente que deixar aquela casa era deixar a felicidade. Ainda alguns meses de graça, e seria preciso escolher, viver na mentira ou na verdade, não mais à vontade nesta do que naquela. Como era importante que Marthe não fosse abandonada pelos pais antes do nascimento de nosso filho, eu tomei enfim coragem para perguntar se ela prevenira a sra. Grangier acerca da gravidez. Disse que sim, e que também prevenira Jacques. Tive então a oportunidade de constatar que ela por vezes me mentia, pois em maio, após a estadia de Jacques, ela me havia jurado que ele não a tocara.

A noite chegava cada vez mais cedo, e o frescor das tardes impedia nossos passeios. Era difícil para nós nos encontrarmos em J... Para que não rebentasse um escândalo, era preciso tomar precauções de ladrão, espreitar na rua a ausência dos Marin e do proprietário.

A tristeza deste mês de outubro, daquelas noites frescas mas não frias o bastante para acender o fogo, nos aconselhava a cama desde as cinco horas. Em casa, deitar tão cedo significava estar doente, e essa cama às cinco horas me deliciava. Eu ficava sozinho com Marthe, deitado, parado, no meio de um mundo ativo. Marthe estando nua, eu mal tinha coragem de olhar para ela. Seria um monstro, então? A mais nobre função do homem me dava remorsos. Vendo seu ventre se avolumar, eu me considerava um vândalo, por haver estragado sua graça. No começo de nosso amor ela não dizia: "Me marque", quando eu a mordia? E eu não a marcara da pior maneira possível?

Agora Marthe era não apenas a mais amada, o que não quer dizer a mais bem-amada, das amantes, como tomava o lugar de tudo para mim. Eu nem sequer pensava em meus amigos; pelo contrário, evitava-os, sabendo que eles acreditam nos prestar um serviço nos desviando de nosso caminho. Felizmente eles julgam nossas amantes insuportáveis e indignas de nós. É nossa única salvaguarda. Quando deixa de ser assim, elas arriscam tornar-se amantes deles.

Meu pai começava a se assustar. Mas, como sempre tomara minha defesa contra sua irmã e minha mãe, ele não quis parecer que se retratava, e era sem nada lhes dizer que se tornava seu aliado. Junto a mim, declarava-se disposto a tudo para me separar de Marthe. Informaria os pais, o marido... No dia seguinte, deixava-me em paz.

Eu intuía suas fraquezas. Aproveitava-me delas. Ousava responder. Atormentava-o como minha mãe e minha tia, censurando-o por recorrer tarde demais à sua autoridade. Ele não desejara que eu conhecesse Marthe? Ele se acabrunhava, por sua vez. Uma atmosfera de tragédia reinava na casa. Que exemplo para meus dois irmãos! Meu pai já previa que nada poderia lhes responder no futuro, quando eles justificassem sua indisciplina pela minha.

Até então ele pensava tratar-se de um namorico, mas novamente minha mãe surpreendeu minha correspondência. Ela lhe levou triunfalmente as peças do processo. Marthe falava de nosso futuro e de nosso filho!

Minha mãe ainda me considerava demasiado criança para que lhe desse um neto ou uma netinha. Parecia-lhe impossível ser avó na sua idade. No fundo, era a melhor prova para ela de que esse filho não era meu.

A decência pode se combinar com os sentimentos mais vis. Minha mãe, com sua profunda decência, não podia admitir que uma mulher enganasse o marido. Esse ato representava para ela uma sem-vergonhice tal que não podia se tratar de amor. Que eu fosse amante de Marthe significava, para minha mãe, que ela tinha outros. Meu pai sabia como pode ser falso esse raciocínio, mas usava-o para causar inquietação em meu espírito e diminuir Marthe aos meus olhos. Insinuava que eu era o único a não "saber". Eu replicava que a caluniavam devido ao seu amor por mim. Meu pai, não desejando que eu tirasse partido desses rumores, me assegurava que eles precediam nossa ligação, e mesmo o casamento dela.

Depois de manter a fachada em casa, ele perdia todo o comedimento e, se eu não voltava por vários dias, mandava a criada de quarto até Marthe, com duas palavras para mim, ordenando minha volta imediata; caso contrário, informaria meu desaparecimento à chefatura de polícia e processaria a sra. L. por corrupção de menor.

Marthe procurava salvar as aparências, fazia um ar de surpresa, dizia à criada que me entregaria o envelope na primeira visita. Eu voltava pouco depois, amaldiçoando minha idade, que não me permitia ser dono de mim mesmo. Meu pai não dizia palavra, assim como minha mãe. Eu esquadrinhava o código de leis, sem encontrar os artigos concernentes aos menores. Com notável inocência, não acreditava que meu comportamento pudesse me conduzir ao reformatório. Por fim, após estudar em vão o código, recorri à *Enciclopédia Larousse*, onde li dez vezes o artigo "Menor de idade", sem descobrir nada que nos dissesse respeito.

No dia seguinte meu pai me liberava novamente.

Para os que buscassem os móveis de sua estranha conduta, eu os resumiria em três linhas: ele me deixava agir como quisesse, e depois se envergonhava. Fazia ameaças, mais furioso consigo mesmo do que comigo. Em seguida, a vergonha por haver perdido a calma levava-o a soltar as rédeas.

* * *

Quanto à sra. Grangier, fora despertada, ao voltar do campo, pelas perguntas insidiosas dos vizinhos. Fingindo acreditar que eu era irmão de Jacques, eles lhe contaram nossa vida em comum. Como, além disso, Marthe não podia evitar pronunciar meu nome a propósito de qualquer coisa, ou relatar algo que eu havia dito ou feito, sua mãe não teve mais dúvidas sobre a identidade do irmão de Jacques.

Ela continuava perdoando, certa de que a criança, que pensava ser de Jacques, poria termo à aventura. Nada contava ao sr. Grangier, temerosa de uma explosão. Mas atribuía essa discrição a sua grandeza de alma, da qual era preciso informar Marthe para que ela lhe soubesse ser grata. A fim de mostrar à filha que sabia tudo, ela a espicaçava sem cessar, falando por meias palavras e de modo tão desastroso que o sr. Grangier lhe pedia, em particular, que poupasse a pobre inocente, a quem as contínuas suposições acabariam por fazer perder a cabeça. Ao que a sra. Grangier respondia às vezes com um sorriso, dando a entender que a filha havia confessado.

Essa atitude, e a atitude precedente, quando da primeira estada de Jacques, levam-me a crer que a sra. Grangier, mesmo discordando inteiramente da filha, tomaria seu partido diante do marido e do genro, pela simples satisfação de contrariá-los. No fundo, a sra. Grangier admirava Marthe por enganar o marido, o que ela jamais ousara fazer, por escrúpulos ou por falta de ocasião. Sua filha a vingava por ter sido, assim acreditava, incompreendida. Totalmente idealista, limitava-se a desaprovar o amor por um garoto de minha idade, menos apto que qualquer outro a compreender a "delicadeza feminina".

Os Lacombe, que Marthe visitava cada vez menos, não podiam, morando em Paris, suspeitar de algo. Marthe simplesmente lhes parecia cada vez mais esquisita, desagradando-lhes cada vez mais. Inquietavam-se com o futuro. Perguntavam-se o que seria desse casamento em alguns anos. Em princípio, todas as mães desejam acima de tudo que os filhos se casem, mas desaprovam a mulher que eles escolhem. A mãe de Jacques, então, deplorava-o pela mulher que tinha. Quanto à srta. Lacombe, a principal razão de suas maledicências estava em que somente Marthe possuía o segredo de um idílio levado bem longe, no verão em que conhecera Jacques numa praia. Essa irmã predizia que Marthe enganaria Jacques, se já não o fizera.

A animosidade da esposa e da filha obrigava por vezes o sr. Lacombe, um bom sujeito, que amava Marthe, a se retirar da mesa. Ao que mãe e filha trocavam olhares significativos. O da sra. Lacombe dizia: "Está vendo, querida, como as mulheres desse tipo sabem enfeitiçar nossos homens?". O da srta. Lacombe: "É porque eu não sou uma Marthe que não arranjo marido". A realidade era que a coitada, pretextando que "os tempos mudam" e "já não se fazem casamentos como antigamente", deixava escapulir os candidatos por não se mostrar suficientemente arisca. Suas esperanças de casamento duravam o tempo de uma estação de banhos. Os jovens prometiam pedir sua mão assim que chegassem a Paris, e não davam mais sinal de vida. O grande tormento da srta. Lacombe, que estava a caminho de ficar para tia, era provavelmente que Marthe houvesse encontrado marido de modo tão fácil. Consolava-se dizendo que somente um simplório como seu irmão poderia se deixar prender.

No entanto, quaisquer que fossem as suspeitas das famílias, ninguém imaginava que a criança pudesse ter outro pai senão Jacques. Isso me contrariava. Havia mesmo momentos em que acusava Marthe de covardia, por ainda não haver dito a verdade. Inclinado a ver em tudo uma fraqueza que só existia em mim, eu pensava que, se a sra. Grangier se omitia no começo do drama, fecharia os olhos até o fim.

A tempestade se aproximava. Meu pai ameaçava enviar certas cartas à sra. Grangier. Eu desejava que ele executasse as ameaças, mas depois refletia. A sra. Grangier esconderia as cartas do marido. Além disso, ambos teriam interesse em que a tempestade não rebentasse. Essas cartas, era diretamente a Jacques que meu pai deveria enviá-las.

No instante de raiva em que ele me disse que já o fizera, eu quase saltei em seu pescoço. Enfim! Enfim ele me prestava o favor de comunicar a Jacques o que era importante que ele soubesse. Eu deplorava meu pai por acreditar meu amor tão fraco. E depois, essas cartas poriam fim àquelas em que Jacques discorria sentimentalmente sobre nosso filho. Minha febre não me permitia compreender o que havia de louco e impossível nesse ato. Eu apenas começava a ver de modo claro quando meu pai, mais calmo no dia seguinte, acreditou me tranquilizar, confessando sua mentira. Achava-a desumana. Certo. Mas onde está o humano e o desumano?

Eu esgotava meus nervos em assomos de coragem e covardia, extenuado pelas mil contradições da minha idade às voltas com uma aventura de homem.

O amor anestesiava em mim tudo o que não era Marthe. Não me passava pela cabeça que meu pai pudesse sofrer. Eu julgava tudo de modo tão falso e mesquinho que terminei por achar que a guerra estava declarada entre ele e eu . Daí que não era apenas por amor a Marthe que eu pisoteava meus deveres filiais, mas, por vezes, ousaria confessá-lo, por espírito de represália!

Eu já não dava muita atenção às cartas que meu pai enviava a Marthe. Era ela que me suplicava para permanecer mais tempo em casa, para me mostrar mais razoável. Então eu serrava os dentes, batia os pés, gritava: "Agora até você está contra mim?". No fato de eu ficar em tal estado à simples ideia de que a deixaria por algumas horas, Marthe via o signo da paixão. Essa certeza de ser amada lhe dava uma firmeza que eu desconhecia nela. Certa de que eu pensaria nela, insistia para que eu voltasse.

Logo me apercebi de onde vinha sua coragem. Comecei a mudar de tática. Fingia me render a suas razões. Então, de repente, seu rosto mudava. Vendo-me tão prudente (ou indiferente), era tomada pelo medo de que eu a amasse menos. Suplicava-me, por sua vez, que ficasse, tanta necessidade tinha de ser tranquilizada.

Houve uma vez, no entanto, em que nada deu certo. Há três dias eu não punha os pés em casa, e anunciei-lhe minha intenção de ficar ainda uma noite. Tentou de tudo para me dissuadir: carícias, ameaças. Soube até mesmo fingir, por sua vez. Por fim, declarou que se eu não voltasse para a casa de meus pais iria dormir com os seus. Respondi que meu pai não levaria em consideração seu belo gesto. — Muito bem! Não iria mais para a casa da mãe. Iria para a beira do Marne. Ficaria resfriada, morreria; enfim estaria livre de mim. "Tenha pena ao menos de nosso filho", disse. "Não comprometa a existência dele por capricho." Acusou-me de brincar com seu amor, de querer conhecer os limites dele. Em face de tamanha insistência, repeti as alegações de meu pai: ela me traía com um qualquer; mas eu não seria mais enganado. "Só uma razão a impede de concordar: você espera um de seus amantes para esta noite." O que responder a tão loucas injustiças? Ela deu-me as costas. Eu a censurei por não se revoltar com o insulto. Em suma, dispus as coisas de tal modo que ela consentiu em passar a noite comigo. À condição de que não fosse em sua casa. Não desejava por nada no mundo que os proprietários pudessem dizer ao mensageiro de meus pais, no dia seguinte, que ela estava em casa.

Onde dormir?

Éramos crianças em pé sobre uma cadeira, orgulhosos por ultrapassar de uma cabeça as pessoas crescidas. As circunstâncias nos guindavam, mas nós continuávamos incapazes. E se, pelo fato mesmo de nossa inexperiência, certas coisas complicadas nos pareciam absolutamente simples, coisas bem simples, por outro lado, transformavam-se em obstáculos. Nunca havíamos ousado nos utilizar do apartamento de Paul. Julgava impossível explicar à porteira, passando-lhe furtivamente uma nota, que nós apareceríamos uma vez por outra.

Restava então ir para um hotel, o que eu nunca fizera. Tremia ante a perspectiva de transpor a soleira da porta.

A infância busca pretextos. Constantemente chamada a se justificar diante dos pais, é fatal que ela minta.

Eu sentia necessidade de me justificar até diante do recepcionista de um hotel suspeito. Eis por que, pretextando ser preciso levar roupa de cama e alguns objetos de toalete, eu obriguei Marthe a fazer uma valise. Pediríamos dois quartos. Seríamos tomados por irmão e irmã. Eu nunca ousaria pedir um quarto, pois minha idade (a idade em que somos expulsos dos cassinos) me expunha a humilhações.

A viagem, às onze da noite, foi interminável. Havia duas outras pessoas em nosso vagão: uma mulher conduzia o marido capitão à estação do Leste. O vagão não tinha luz nem calefação. Marthe encostava a cabeça no vidro úmido. Eu estava envergonhado, e sofria ao pensar como Jacques, sempre tão terno, merecia bem mais seu amor do que eu.

Não pude deixar de me justificar, a meia-voz. Ela balançou a cabeça: "Prefiro ser infeliz com você do que ser feliz com ele". Eis uma dessas declarações de amor que nada significam, que temos vergonha de repetir e que, quando pronunciadas pela boca que amamos, nos transportam para outro mundo. Pensei mesmo ter compreendido a frase. Mas o que significava ao certo? Então podemos ser felizes com quem não amamos?

E eu me perguntava, ainda me pergunto, se o amor nos dá o direito de arrancar uma mulher a um destino talvez medíocre, mas pleno de quietude. "Prefiro ser infeliz com você..."; conteriam essas palavras uma repreensão inconsciente? É certo que Marthe, por me amar, conheceu momentos a meu lado de que não tinha ideia com Jacques; mas essas horas felizes me davam o direito de ser cruel?

Saltamos na estação da Bastilha. O ar frio, que eu suporto porque imagino a coisa mais limpa do mundo, estava mais sujo, na plataforma, que o ar quente de um porto marítimo, e sem a animação compensadora. Marthe se queixava de cãibras. Agarrava-se a meu braço. Um casal lamentável, esquecido de sua beleza e juventude, envergonhado de si como um casal de mendigos!

A gravidez de Marthe era ridícula para mim, que andava de olhos no chão. Estava longe do orgulho paternal.

Nós errávamos sob uma chuva glacial, entre a Bastilha e a estação de Lyon. Diante de cada hotel eu inventava uma desculpa pouco convincente para não entrar. Dizia a Marthe que procurava um hotel conveniente, um hotel para viajantes, apenas viajantes.

No largo da estação de Lyon foi difícil me esquivar. Marthe me ordenou que interrompesse o suplício.

Enquanto ela aguardava do lado de fora eu penetrei no vestíbulo, esperando não sei o quê. O recepcionista me perguntou se eu desejava um quarto. Seria fácil responder que sim. Seria fácil demais, e, procurando uma desculpa, como um rato de hotel surpreendido em flagrante, perguntei pela sra. Lacombe. Perguntei enrubescendo, temendo que ele respondesse: "Está brincando, rapaz? Ela está lá fora". Ele consultou o registro. Eu devia estar enganado. Saí, e expliquei a Marthe que não havia quartos vazios, que não os encontraríamos naquela zona. Respirei fundo. Acelerei o passo, como um ladrão que foge. Até há pouco, minha ideia fixa de evitar os hotéis por onde arrastava Marthe me impedia de pensar nela.

Agora eu olhava para a pobre coitada. Segurei minhas lágrimas, e, quando ela perguntou onde procuraríamos quarto, supliquei-lhe que não quisesse mal a um doente, que voltasse ajuizadamente para J..., e eu para a casa de meus pais. Doente! Ajuizada! Ela sorriu maquinalmente ao ouvir essas palavras deslocadas.

Minha vergonha tornou a volta dramática. Quando, depois de crueldades daquele gênero, Marthe tinha a infelicidade de me dizer: "Mas como você foi malvado", eu me enfurecia, achava-a mesquinha. Se, pelo contrário, ela se calava, parecia esquecer, eu era tomado pelo medo de que ela agia assim por me considerar um doente, um demente. Então não lhe dava sossego até que dissesse que não, não esquecia, e que, embora me perdoasse, eu não deveria me aproveitar de sua clemência; que um dia, farta de meus maus-tratos, seu cansaço seria maior que nosso amor, e ela me deixaria. Quando a forçava a falar com essa energia, e embora não acreditando nas ameaças, eu sentia uma dor deliciosa, comparável, embora mais forte, à emoção que me dá uma montanha-russa. Então eu me precipitava sobre Marthe, e a beijava mais apaixonadamente do que nunca.

— Repita que você me deixará — dizia eu arquejante, espremendo-a em meus braços. Submissa como nem mesmo uma escrava poderia ser, mas apenas um médium, ela repetia, para me agradar, frases inteiras de que não entendia palavra.

Essa noite dos hotéis foi decisiva, o que não percebi depois de tantos outros disparates. Mas, se eu pensava que toda uma vida podia claudicar daquela maneira, ela, Marthe, no canto do trem de volta, esgotada, aniquilada, batendo os dentes, *compreendeu tudo*. E quem sabe não viu que no final daquela corrida de um ano, num veículo doidamente conduzido, não poderia haver outro desfecho que não a morte.

No dia seguinte encontrei Marthe na cama, como de costume. Quis juntar-me a ela; repeliu-me com delicadeza. "Não me sinto bem", disse. "Vá, não fique perto de mim, ou você pega a minha gripe." Ela tossia, estava com febre. Disse, sorrindo, para não parecer que me repreendia, que devia ter-se resfriado na noite anterior. Embora preocupada, não me permitiu chamar o médico. "Não é nada", disse. "Só preciso ficar aquecida." Na realidade, ela não queria, enviando-me à casa do médico, comprometer-se aos olhos desse velho amigo da família. Eu sentia tal necessidade de ser tranquilizado que sua recusa dissipou minhas apreensões. Elas renasceram, ainda mais fortes, quando, no momento em que eu saía para jantar com meus pais, Marthe me perguntou se eu podia fazer uma volta e deixar um bilhete na casa do médico.

No dia seguinte, chegando à casa de Marthe, cruzei com ele na escada. Eu não ousava interrogá-lo, e olhava para ele com ansiedade. Seu ar tranquilo me fez bem; mas não passava de atitude profissional.

Entrei. Onde estava Marthe? O quarto estava vazio. Marthe chorava, a cabeça escondida nos lençóis. O médico ordenara repouso absoluto até o parto. Seu estado exigia cuidados; era preciso que ela ficasse com os pais. Separavam-nos.

Não admitimos a infelicidade. Só a felicidade nos parece justa. Admitindo sem revolta a separação, eu não demonstrava coragem. Simplesmente não compreendia. Ouvia entorpecido a decisão do médico, como um condenado ouve sua sentença. Se ele não empalidece, todos dizem: "Que coragem!". De modo algum: é falta de imaginação. Quando o acordam para a execução, aí então ele *ouve* a sentença. Assim também, só compreendi que não mais nos veríamos quando alguém veio anunciar a Marthe o veículo enviado pelo médico. Ele prometera não avisar ninguém, pois Marthe exigia chegar à casa da mãe sem que a esperassem.

Fiz parar o coche a alguma distância da casa dos Grangier. Na terceira vez que o cocheiro se voltou, nós descemos. O homem pensava surpreender nosso terceiro beijo; era o mesmo. Deixei Marthe sem tomar nenhuma providência para nos correspondermos, quase sem dizer até logo, como uma pessoa que vamos reencontrar uma hora depois. Alguns vizinhos curiosos já se mostravam das janelas.

Minha mãe observou que meus olhos estavam vermelhos. Minhas irmãs riram porque duas vezes seguidas eu deixei cair a colher de sopa. O chão balançava. Eu não tinha estômago de marinheiro para o sofrimento. De resto, não creio achar comparação melhor que o enjoo do mar para essas vertigens do coração e da alma. A vida sem Marthe era uma longa travessia. Conseguiria eu? Assim como, aos primeiros sintomas do enjoo, não nos importamos em atingir o porto, desejando morrer ali mesmo, eu pouco me preocupava com o futuro. Ao fim de alguns dias, o mal, menos tenaz, deixou-me tempo para pensar em terra firme.

Os pais de Marthe já não tinham muito a descobrir. Não se contentavam em escamotear minhas cartas.

Queimavam-nas diante dela, na lareira de seu quarto. As suas eram escritas a lápis, quase ilegíveis. Seu irmão as colocava no correio.

Eu não precisava mais suportar as cenas de família. À noite, diante do fogo, retomei as longas conversas com meu pai. Em um ano eu me tornara um estranho para minhas irmãs. Tornavam-se novamente íntimas, habituavam-se de novo a mim. Eu tomava a menorzinha no joelho e, aproveitando a penumbra, abraçava-a com tal veemência que ela se debatia, entre rindo e chorando. Pensava em meu filho, mas estava triste. Parecia-me impossível sentir maior ternura por ele. Seria eu bastante maduro para que um bebê fosse mais que um irmão para mim?
Meu pai me aconselhava distrações. Tais conselhos são engendrados na calma. Que podia eu fazer, exceto o que não mais faria? Eu me sobressaltava ao ruído da campainha, à passagem de um veículo. Espreitava de minha cela os menores sinais de libertação.[14]
À força de atentar para um som que pudesse anunciar algo, um dia meus ouvidos escutaram sinos. Eram os sinos do armistício.

Para mim, o armistício significava o retorno de Jacques. Eu já o via à cabeceira de Marthe, sem que eu pudesse fazer nada. Eu estava perdido.
Meu pai ia de novo a Paris. Queria que eu o acompanhasse: "Não se perde uma festa dessas". Não ousei recusar. Receava parecer um monstro. E não me desagradava, em meu frenesi de desgosto, ver a alegria dos outros.
Confesso que não me atraiu muito. Eu me sentia o único capaz de experimentar os sentimentos que atribuímos à multidão. Procurava pelo patriotismo. Mas, quem

sabe de modo injusto, via apenas o contentamento de um feriado inesperado: cafés abertos até mais tarde, os soldados podendo beijar as caixeiras. Esse espetáculo, que eu esperava que me angustiasse, que me causasse inveja, ou mesmo que me distraísse pelo contágio de um sentimento sublime, me entediou como a uma solteirona.

Há alguns dias nenhuma carta me chegava. Numa das raras tardes em que caiu neve, meus irmãos me trouxeram uma mensagem do pequeno Grangier. Era uma carta glacial da sra. Grangier. Rogava-me que fosse o mais depressa possível. Que podia ela querer de mim? A oportunidade de estar em contato, mesmo indireto, com Marthe, abafou minha inquietação. Eu imaginava a sra. Grangier proibindo-me rever sua filha e me corresponder com ela, e eu escutando, de cabeça baixa, como um mau aluno. Incapaz de perder o controle, de me encolerizar, nenhum gesto manifestaria meu ódio. Eu me despediria polidamente, e a porta se fecharia para sempre. Depois, procurava respostas, argumentos capciosos, palavras cortantes que pudessem lhe deixar, do amante de sua filha, uma imagem menos piedosa que a de um colegial pego em flagrante. Eu previa a cena em todos os seus instantes.

Ao penetrar na pequena sala de espera, pareceu-me reviver minha primeira visita. Essa visita significava, então, que eu talvez não tornasse a ver Marthe.

A sra. Grangier entrou. Sua baixa estatura despertou minha compaixão, pois se esforçava em ser altiva. Desculpou-se por me haver incomodado por nada. Pretendeu ter-me enviado a mensagem para obter uma informação muito complicada para pedir por escrito, mas que nesse meio-tempo obtivera a informação. Esse mistério absurdo atormentou-me mais do que qualquer catástrofe.

Perto do Marne, encontrei o pequeno Grangier, apoiado contra um muro. Recebera uma bola de neve em pleno rosto, e choramingava. Eu o acariciei, e o interroguei sobre Marthe. Sua irmã chamava por mim, disse ele. A mãe não queria ouvir, mas o pai dissera: "Marthe está muito mal, eu exijo que obedeçam".

Compreendi num instante a conduta tão burguesa, tão estranha da sra. Grangier. Ela me chamara por respeito ao marido e à vontade de uma moribunda. Mas, passado o alerta, Marthe sã e salva, retomava-se a atitude convencionada. Eu deveria ter-me alegrado, mas lamentava que a crise não tivesse durado o suficiente para me permitir ver a doente.

Dois dias depois Marthe me escreveu. Não fazia nenhuma alusão a minha visita. Sem dúvida lhe haviam escondido esta. Falava de nosso futuro, num tom especial, sereno, celestial, que me perturbou um pouco. Talvez seja verdade que o amor é a mais violenta forma de egoísmo, pois, buscando o porquê de minha inquietação, disse a mim mesmo que era ciúme de nosso filho, do qual Marthe agora falava mais do que de mim.

Nós o esperávamos para março. Numa sexta-feira de janeiro, meus irmãos, ofegantes, chegaram anunciando que o pequeno Grangier tinha agora um sobrinho. Não compreendi seu ar de triunfo, nem porque haviam corrido tanto. É claro que sabiam o que a notícia poderia conter de extraordinário a meus olhos. Mas um tio era para meus irmãos uma pessoa de idade. Que o pequeno Grangier fosse tio era portanto algo prodigioso, e eles haviam corrido para partilhar seu assombro conosco.

É o objeto que temos constantemente sob os olhos que

reconhecemos com mais dificuldade, se o mudamos um pouco de lugar. No sobrinho do pequeno Grangier, não reconheci imediatamente o filho de Marthe — meu filho.

O pânico que num lugar público produz um curto-circuito, eu fui o palco desse pânico. De repente, tudo enegreceu dentro de mim. Nessa escuridão, minhas emoções se atropelavam umas às outras; eu procurava a mim mesmo, tateava em busca de datas, detalhes. Contava nos dedos como vira Marthe fazer algumas vezes, sem então suspeitá-la de traição. Mas esse exercício não levava a nada. Eu não sabia mais contar. O que era essa criança que nós esperávamos para março e nascia em janeiro? Todas as explicações que eu buscava para essa anormalidade, era meu ciúme que as fornecia. Súbito, fez-se minha certeza. Esse filho era de Jacques. Ele não viera de licença nove meses antes? Portanto, Marthe mentia desde aquele tempo. Além disso, ela não mentira também acerca daquela licença? Não me jurara de início ter-se recusado a Jacques durante aqueles malditos quinze dias, para me confessar muito depois que ele a possuíra várias vezes?

Eu jamais acreditara, no fundo, que o filho pudesse ser de Jacques. E, se no começo da gravidez de Marthe eu pudera desejar covardemente que assim fosse, era preciso confessar agora que eu me via diante do irreparável, que, embalado durante meses pela certeza de minha paternidade, eu amava esse filho, esse filho que não era meu. Por que é que eu devia me sentir pai justamente quando descobria que não o era?
Vê-se que eu me achava numa confusão inacreditável, como que jogado à água no meio da noite sem saber nadar. Não entendia mais nada. Uma coisa, sobretudo, não entendia: a audácia de Marthe em dar meu nome a

esse filho legítimo. Havia momentos em que via nisso um desafio lançado ao acaso, que não quisera que o filho fosse meu; havia outros em que via apenas uma falta de tato, um desses lapsos de gosto que tanto me chocavam em Marthe, e que eram apenas excesso de amor.

Comecei uma carta de insultos. Achava que lhe devia uma, por dignidade! Mas as palavras não vinham, pois meu espírito estava além, em regiões mais nobres.

Rasguei a carta. Escrevi outra, em que deixava meu coração falar. Eu solicitava perdão a Marthe. Perdão de quê? Certamente de que o filho fosse de Jacques. Suplicava que me amasse assim mesmo.

O homem jovem é um animal rebelde à dor. Eu já arrumava de outra maneira as peças de minha sorte. Quase aceitava esse filho do outro. Antes mesmo de terminar minha carta, porém, recebi uma de Marthe, transbordante de alegria. — Esse filho era nosso, nascido com dois meses de antecedência. Foi preciso colocá-lo numa incubadeira. "Quase morri", dizia ela. Essa frase me divertiu, pareceu-me uma criancice.

Pois eu era todo alegria. Queria participar o nascimento ao mundo inteiro, dizer a meus irmãos que eles também eram tios. Alegremente, eu me desprezava: como pudera duvidar de Marthe? Esse remorso, mesclado à minha felicidade, me fazia amá-la mais do que nunca, e a meu filho também. Em minha incoerência, bendizia meu engano. Tudo somado, eu estava satisfeito por haver conhecido a dor durante alguns instantes. Pelo menos assim acreditava. Mas nada se parece menos às coisas do que aquilo que lhes é bem próximo. Um homem que esteve perto da morte acredita conhecê-la. No dia em que ela se apresenta, por fim, ele não a reconhece: "Não é ela", diz ao morrer.

Na carta, Marthe me dizia ainda: "Ele se parece com você". Eu já vira recém-nascidos, meus irmãos, e sabia que só o amor de uma mulher pode descobrir neles a semelhança que deseja. "Tem os meus olhos", acrescentava. E também só o desejo de nos ver reunidos em um único ser poderia fazê-la reconhecer seus olhos.

Em casa dos Grangier, nenhuma dúvida persistia. Amaldiçoavam Marthe, mas faziam-se cúmplices, para que o escândalo não "respingasse" na família. O médico, outro cúmplice da ordem, se encarregaria de explicar ao marido, através de alguma fábula, a necessidade de uma incubadeira, escondendo que o nascimento era prematuro.

Nos dias seguintes, achei natural o silêncio de Marthe. Jacques devia estar ao seu lado. Nenhuma licença me atingira tão pouco quanto essa, concedida ao infeliz pelo nascimento de *seu* filho. Num último acesso de puerilidade, cheguei a sorrir ao pensamento de que aqueles dias de descanso ele os devia a mim.

Nossa casa respirava o sossego.

Os verdadeiros pressentimentos formam-se em profundezas que nosso espírito não visita. Daí, por vezes, nos levarem a atos que interpretamos obliquamente.
Eu me acreditava mais carinhoso devido à felicidade, e me congratulava por saber Marthe numa casa que minhas lembranças felizes transformavam em fetiche.
Um homem desregrado que vai morrer e não suspeita, subitamente ordena tudo à sua volta. Sua vida muda. Ele arruma os papéis. Levanta-se cedo, deita-se em boa hora. Renuncia a seus vícios. Os parentes e amigos se felicitam. Daí sua morte brutal parecer tanto mais injusta. *Ele ia ser feliz.*
Assim também, a nova calma em minha vida era a toalete do condenado. Eu me acreditava melhor filho porque tinha um. Minha ternura me aproximava de meu pai e de minha mãe porque algo em mim sabia que dentro em pouco eu teria necessidade da ternura deles.

Um dia, ao meio-dia, meus irmãos voltaram da escola gritando que Marthe havia morrido.

O raio que cai sobre um homem é tão súbito que ele não sofre. Para as pessoas em torno é, no entanto, um triste espetáculo. Enquanto eu nada sentia, o rosto de meu pai se decompunha. Ele empurrou meus irmãos para fora. "Saiam", balbuciou, "vocês estão doidos!" Eu tinha a sensação de enrijar, congelar, petrificar. Em seguida, como um instante projeta aos olhos de um moribundo todas as recordações de sua existência, a certeza me revelou meu amor e tudo o que ele tinha de monstruoso. Porque meu pai chorava, eu soluçava. Então minha mãe tomou-me em mãos. Com os olhos secos, acariciou-me fria e ternamente, como se seu filho estivesse com febre.

Minha síncope justificou para meus irmãos o silêncio da casa, durante os primeiros dias. Depois não compreenderam mais. Nunca lhes haviam proibido brincadeiras ruidosas. Calavam-se. Mas ao meio-dia seus passos sobre as lajes do vestíbulo me faziam perder os sentidos, como se a cada vez viessem anunciar a morte de Marthe.

Marthe! Meu ciúme a seguindo ao túmulo, eu desejava que nada houvesse após a morte. De modo semelhante, é insuportável que a criatura que amamos se encontre em companhia numerosa, numa festa onde não estamos. Meu coração estava numa idade em que não se pensa no porvir. Sim, era mesmo o nada que eu desejava para Marthe, não um mundo novo onde a reencontrasse um dia.

A única vez que vi Jacques foi alguns meses depois. Sabendo que meu pai possuía algumas aquarelas de Marthe, ele queria conhecê-las. Somos sempre ávidos de saber mais sobre os seres que amamos. Eu quis ver o homem a quem Marthe havia dado a mão.

Prendendo a respiração e pisando nas pontas dos pés, dirigi-me à porta entreaberta. Cheguei a tempo de ouvir:

— Minha mulher morreu chamando por ele. Pobre criança! É minha única razão de viver.

Vendo esse viúvo tão digno, tão senhor de seu desespero, compreendi que afinal a ordem se estabelece por si mesma em torno das coisas. Não acabava de saber que Marthe havia morrido chamando por mim, e que meu filho teria uma existência razoável?

Notas do tradutor

1 O ano letivo termina no final de junho na França e nos demais países da Europa.
2 Alusão a uma brincadeira de crianças.
3 Referência ao processo contra a mulher do ministro das Finanças, Caillaux, que havia matado o diretor do *Le Figaro* em março de 1914, após o jornal publicar uma série de artigos contra seu marido. O processo despertou enorme atenção e terminou com a absolvição da ré. Já o atentado de Sarajevo designa, como se sabe, o assassinato do arquiduque da Áustria e de sua esposa, em junho de 1914, que desencadearia a Primeira Guerra Mundial.
4 Jornal satírico publicado entre o final de 1914 e meados de 1915.
5 No sistema escolar francês contava-se, conta-se, do 6º (onze anos de idade) ao 1º ano (dezesseis anos). O estudo do grego começava no 4º e era optativo.
6 Na época da narrativa, dia de folga para os escolares.
7 "A morte dos amantes" é o poema 121 de *As flores do mal*, de Baudelaire (1821-67). O cenário do poema é bastante lúgubre, com "divãs fundos como túmulos", "flores estranhas" etc.
8 Refresco feito com xarope de romã.
9 No original, *Une Saison en enfer*, célebre coletânea de poemas de Arthur Rimbaud (1854-91).
10 Em francês, usa-se "tu" no tratamento informal ou íntimo, e "vous" no tratamento formal. Até esse momento os protagonistas se tratavam por "vous"; a frase anterior de Marthe foi a primeira em que ela usou "tu". Nesta tradução

empregamos sempre "você", pois as formas de tratamento não se equivalem nas duas línguas.

11 Dáfnis e Cloé são personagens de um romance pastoral grego do século II ou III de nossa era. São duas crianças abandonadas que crescem juntas, criadas por pastores. Brincando, vão descobrindo uma atração mútua que não compreendem, com a qual não sabem o que fazer. Dáfnis é instruído no amor por uma vizinha, mas continua a brincar os velhos jogos infantis com Cloé, com medo de magoá-la. Daí a referência de Radiguet: no caso, Cloé, casada, é que havia sido instruída. Na história grega há um final feliz: Dáfnis e Cloé reencontram cada qual os pais, e se casam.

12 Toga usada pelos jovens romanos das famílias patrícias e pelos altos magistrados. Jogo de palavras com "pretexto".

13 Fulbert, na história (real) de Abelardo e Heloísa, foi um religioso, tio de Heloísa, que teria mandado castrar Abelardo, no século XII.

14 No original, *délivrance*; ambiguidade: também significa "parto".

Posfácio

PAULO CÉSAR DE SOUZA

Raymond Radiguet nasceu em 18 de junho de 1903 e morreu em 9 de dezembro de 1923. Sua passagem sobre a terra foi tão rápida e cintilante que houve mesmo quem hesitasse em chamá-la de "vida": teria sido antes uma "aparição" — como a do cometa de Halley, seu contemporâneo.

Ele nasceu em Parc Saint-Maur, próximo a Paris, como o primogênito de uma família logo numerosa. Seu pai, Maurice Radiguet, era desenhista, cartunista de sucesso de vários jornais parisienses. Sua mãe, Louise-Marie Tournier, era dezoito anos mais jovem que o marido. Raymond foi de início aluno brilhante na escola primária de Saint-Maur, obtendo então uma bolsa para fazer os estudos secundários no liceu Charlemagne, em Paris. Mas pouco a pouco desinteressou-se do colégio, e foi convidado a abandoná-lo em 1917. Por essa época ele costumava se isolar no barco do pai, no rio Marne, para ler o melhor da biblioteca familiar: os grandes clássicos do século XVII, poesia simbolista, Stendhal, Flaubert, Proust.

Dois fatos que presenciou na infância marcaram sua sensibilidade. Em 1913, a criada dos vizinhos, enlouquecida, jogou-se do telhado da casa, durante os festejos de 14 de julho. Isso é narrado no segundo capítulo de *O diabo no corpo*. No livro, o garoto desmaia ao saber que a louca ainda agoniza, após a queda, e é levado pelo pai para a beira do rio, onde os dois ficam deitados em silêncio, num momento de muita beleza. Na vida, ele não desmaiou nessa ocasião, e sim quando de outro episódio, um ano depois. Voltando de um passeio, em companhia do pai, ele parou para descansar numa espécie de parque, onde jovens se divertiam com jogos e engenhos. Atenta principalmente para um jovem casal conhecido, a se embalar num balanço de ferro, no qual há uma placa que diz: "Proibido balançar-se a dois". Eles oscilam cada vez mais forte e mais alto, inebriados, e as junções do balanço gemem. De repente, a cadência se rompe. No instante seguinte, a garota está estendida sem vida sobre a areia, e o sangue que lhe escorre da boca tinge o vestido claro; o rapaz chora, ajoelhado junto a ela.

Não parece significativo que esses dois incidentes lhe caíssem no caminho? Seria exagero afirmar que nós atraímos os acontecimentos? Um gênio ou temperamento cômico faz acontecer fatos cômicos à sua volta. De maneira correspondente, alguém de disposição trágica... O segundo episódio não foi aproveitado diretamente em *O diabo no corpo*. Mas o livro pode ser tomado como a tradução dele, como a explicitação da concepção trágica do amor condensada naquela lembrança. Também ele trata de um casal jovem que vive um prazer proibido e paga com a morte da parte mais frágil.

Mas a experiência pessoal que viria a servir de base para o romance teve início em abril de 1917. Foi quando Raymond conheceu Alice, na casa de seu amigo Yves ("René"), a quem ela dava aulas de francês. Ela era dez anos mais velha que ele; era magra, séria e sem beleza. O que nela o atraiu foi talvez a distinção intelectual. Certamente não era preciso muito para despertar para o amor um garoto precoce de catorze anos. A situação de Alice era semelhante à de Marthe: seu noivo havia sido convocado para a guerra, eles haviam se casado durante uma breve licença do soldado. O caso entre a professora e o menino escandalizou a cidade, mas, à diferença do livro, terminou de modo banal. Ele se desencantou naturalmente, ao mesmo tempo que se viu atraído pelos meios literários de Paris.

Em 1918, levando diariamente desenhos do pai para um jornal parisiense, Radiguet mostrou ao jornalista André Salmon alguns poemas que havia escrito. Impressionado com os poemas, Salmon estimulou-o a escrever, e ofereceu-se para ajudá-lo a encontrar trabalho. Radiguet resolveu dedicar-se à literatura. Foi apresentado ao escritor Max Jacob, e em pouco tempo participava da vida artística da capital. A Paris do pós-guerra se excitava com os experimentos em música, pintura e literatura. Tantos eram os movimentos de renovação, e as esperanças trazidas pelo final vitorioso da guerra, que um crítico afirmou: "Nossa época não passa de um movimento". Entre os autores desse movimento apresentados a Radiguet estavam Erik Satie, Blaise Cendrars, Pierre Reverdy, Picasso, Modigliani, Aragon, Breton, Tzara e aquele que mais importância teria em seu destino, Jean Cocteau. Eles se conheceram em junho de 1919, em uma matinê poética organizada por Max Jacob em memória de Apollinaire, vitimado pela gripe espanhola seis meses antes. Cocteau o "elegeu como filho" (suas palavras): ajudou-o a publicar os primeiros poemas, e juntos produziram uma ópera cômica, fundaram uma revista de literatura (que durou seis meses) e apresentaram *Os pelicanos*, a única peça de teatro escrita por Radiguet. Cocteau foi também seu cicerone pela boemia literária que se encontrava nos bares da época: Le Gaya, depois Le Boeuf sur le Toit.

Radiguet passava noites nesses bares. Os testemunhos concordam quanto à sua aparência então: malvestido, mecha de cabelo rebelde sobre os olhos, jeito tímido e taciturno. Mas as pessoas sentiam nele uma personalidade original. Falava pouco, em frases curtas e densas que surpreendiam os interlocutores. Estes eram bem mais velhos, e tanta precocidade devia lhes ser motivo de reverência e divertimento. Ele, o menino, era muito cônscio da própria juventude, e enquanto os outros diziam: "Quando eu era jovem...", ele dizia: "Quando eu for velho...".

A natureza da relação entre Cocteau, o príncipe das letras, e Radiguet, o menino prodígio, devia ser matéria de mexericos para os contemporâneos, assim como mais recentemente foi objeto de conjecturas para os historiadores literários. Que Cocteau fosse apaixonado por Radiguet, e desejasse a realização física da paixão, parece provável. Que fosse inteiramente correspondido, e conseguisse conquistar o desejo do outro, é menos provável, embora perfeitamente possível.

O mérito de Jean Cocteau consistiu em que, apresentando Radiguet aos espíritos mais criativos da época, apresentou-o a ele mesmo, por lhe realçar a consciência de artista e a necessidade de criar. Mas foi longe do torvelinho parisiense, em localidades tranquilas onde passava férias com Cocteau e outros amigos, que Radiguet produziu coisas que o satisfizeram. Em abril de 1920 escreveu poemas que, juntados aos escritos em Saint-Maur, formariam o volume *Les Joues en feu* (As faces em fogo), editado postumamente em 1925. No ano seguinte, retomou alguns esboços que havia feito em 1919 e escreveu *Le Diable au corps*. Não sem uma pequena ajuda dos amigos: às vezes tinham de trancá-lo no quarto do hotel para fazê-lo trabalhar... De volta a Paris, o editor Bernard Grasset aceitou entusiasticamente o manuscrito, com a ressalva de que a conclusão deveria ser melhorada. Radiguet reescreveu os últimos capítulos. Houve mesmo cinco versões do final, todas com a morte de Marthe: o autor buscava o tom que lhe parecia mais acertado. A conclusão definitiva foi lida para os amigos em março de 1922.

Mas o livro seria publicado somente um ano depois. Bernard Grasset decidiu lançá-lo com uma campanha publicitária sem precedentes na França. Fez anunciar na imprensa e nos muros da cidade a "obra-prima de um romancista de dezessete anos". Nos cinemas, o jornal de atualidades o mostrava em seu escritório, apresentando a Radiguet o contrato, em seguida um close da mão do autor assinando. Todas as livrarias de Paris exibiam um retrato do artista sobre uma pilha do *Diabos no corpo*. Os críticos protestaram contra tamanho sensacionalismo, contra o fato de um livro ser vendido como um sabonete. Um caricaturista inventou uma pequenina autora de oito anos de idade assinando um contrato de dez anos e explicando maliciosamente que aos dezoito estaria velha demais para continuar escrevendo. Alguns argumentaram que um autor tão jovem não poderia ter a vivência necessária para escrever uma obra de mérito. O autor respondeu às críticas com um artigo publicado no dia do lançamento do livro. Defendeu a publicidade e reconheceu ser uma verdade, um truísmo, que para escrever é preciso ter vivido. "Mas", disse, "gostaria de saber em que idade se pode dizer: 'Eu vivi'. Esse uso do tempo passado não implica logicamente a morte? Por mim, creio que em qualquer idade, mesmo a mais tenra, já vivemos e começamos a viver."

A repercussão foi a melhor possível. O público correu às livrarias, e a crítica, há pouco indignada com os métodos da propaganda, reconheceu de imediato os méritos da obra. A reação de Paul Valéry, por exemplo, foi das mais simpáticas. Em carta a Radiguet, ele louvou no livro a transparência, a "marcha direta e decidida", e a "inteira liberdade de espírito". Essa liberdade que Valéry bem acentuou é romântica. Deve ser isto o que atrai no livro: inspiração romântica em roupagem clássica (de escassos adornos). Porque o romantismo, como insubmissão da alma às normas do espírito, veio para ficar. Ele dita os movimentos dos corações contemporâneos. Que todos sejam românticos, cada qual à sua maneira: realista, surrealista, expressionista etc.

Há outro elemento caro à imaginação moderna: uma psicologia do amor que enfatiza a ambivalência dos sentimentos (o amor que é ódio que é mais amor), a sensação de que nossos atos tomam vida própria e tornam-se senhores da vontade (o que é a vontade?), e o enamorar-se do amor como do objeto do amor.

Também nos atrai a precocidade do personagem — do autor. Ao mesmo tempo, ela se confunde por vezes com uma perversidade pouco atraente, e é responsável por certa gravidade na expressão, por uma grandiloquência do sentimento que não soa muito moderna. Por precoce que fosse, ele não chegou a ser moderno o bastante para aprender a rir do amor, no amor. Ou quem sabe seu "romantismo" nunca o permitisse: seria, para ele, como aprender a andar sorrindo sobre brasas.

O sucesso de vendas de *Le Diable au corps* transformou a vida de Radiguet: ele se mudou para um hotel de luxo em companhia de Bronja Perlmutter, uma bela polonesa que havia conhecido no início do ano, ajudou financeiramente a família e passou a gastar prodigiosamente com roupas e diversões. Mas sentia a necessidade de concluir o segundo romance, que havia começado em 1922.

No verão de 1923, novamente fora de Paris, ele suspendeu a bebida e as noites em claro e aplicou-se ao trabalho. O novo livro chamava-se *Le Bal du comte d'Orgel* (*O baile do conde d'Orgel*). Trata-se, na expressão do próprio autor, de um "romance do amor casto", tão árduo quanto o amor carnal. Um *roman d'analyse* que muito deve à *Princesa de Clèves*, de Madame Lafayette (1678), o grande romance da renúncia ao amor.

De volta a Paris, corrigindo as provas de *Le Bal*, Radiguet adoeceu de febre tifoide. Havia contraído a doença no campo. Não se cuidou a tempo e morreu semanas depois, em dezembro. Jean Cocteau ficou inconsolável (alguns o apelidaram cinicamente de *le veuf sur le toit*, "o viúvo no telhado"). Ele lembrou a passagem profética de *Le Diable au corps*, com a qual é possível finalizar toda reflexão sobre seu autor:

> Um homem desregrado que vai morrer e não suspeita, subitamente ordena tudo à sua volta. Sua vida muda. Ele arruma os papéis. Levanta-se cedo, deita-se em boa hora. Renuncia a seus vícios. Os parentes e amigos se felicitam. Daí sua morte brutal parecer tanto mais injusta. *Ele ia ser feliz.*

LEIA MAIS PENGUIN-COMPANHIA
CLÁSSICOS

Jane Austen

Orgulho e preconceito

Tradução de
ALEXANDRE BARBOSA DE SOUZA
Prefácio e notas de
VIVIEN JONES
Introdução de
TONY TANNER

Na Inglaterra do final do século XVIII, as possibilidades de ascensão social eram limitadas para uma mulher sem dote. Elizabeth Bennet, no entanto, é um novo tipo de heroína, que não precisará de estereótipos femininos para conquistar o nobre Fitzwilliam Darcy e defender suas posições com a perfeita lucidez de uma filósofa liberal da província. Lizzy é uma espécie de Cinderela esclarecida, iluminista, protofeminista.

Neste clássico da literatura mundial que já deu origem a todo tipo de adaptação no cinema, na TV e na própria literatura, Jane Austen faz uma crítica à futilidade das mulheres na voz dessa admirável heroína — recompensada, ao final, com uma felicidade que não lhe parecia possível na classe em que nasceu. Em meio a isso, a autora constrói alguns dos mais perfeitos diálogos sobre a moral e os valores sociais da pseudoaristocracia inglesa.

Esta edição traz uma introdução de Tony Tanner, professor de literatura inglesa e norte-americana na Universidade de Cambridge, além de um prefácio de Vivien Jones, professora titular de inglês da Universidade de Leeds.

WWW.PENGUINCOMPANHIA.COM.BR

LEIA MAIS PENGUIN-COMPANHIA
CLÁSSICOS

Choderlos de Laclos
As relações perigosas

Tradução de
DOROTHEÉ DE BRUCHARD

Durante alguns meses, um grupo peculiar da nobreza francesa troca cartas secretamente. No centro da intriga está o libertino visconde de Valmont, que tenta conquistar a presidenta de Tourvel, e a dissimulada marquesa de Merteuil, suposta confidente da jovem Cécile, a quem ela tenta convencer a se entregar a outro homem antes de se casar.

Lançado com grande sucesso na época, *As relações perigosas* teve vinte edições esgotadas apenas no primeiro ano de sua publicação. O livro ficou ainda mais popular depois de várias adaptações para o cinema, protagonizadas por estrelas hollywoodianas como Jeanne Moreau, Glenn Close e John Malkovich. E, também, boa parte do sucesso do romance deve-se ao fato de a história explorar com muita inteligência os caminhos obscuros do desejo. Esta edição, com tradução de Dorotheé de Bruchard, traz uma introdução da editora inglesa Helen Constantine.

WWW.PENGUINCOMPANHIA.COM.BR

Esta obra foi composta em Sabon por warrakloureiro
e impressa em ofsete pela Geográfica
sobre papel Pólen Soft da Suzano Papel e Celulose para
a Editora Schwarcz em abril de 2013

A marca FSC é a garantia de que a madeira utilizada na fabricação do papel deste livro provém de florestas que foram gerenciadas de maneira ambientalmente correta, socialmente justa e economicamente viável, além de outras fontes de origem controlada.